あかほり悟

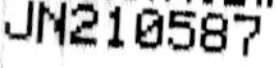

白泉社招き猫文庫

目次

本文イラスト
鳥野しの

序・秋深し心寒々天保(てんぽう)の世

一

いろいろと、

世の中には不可思議なことをする人間が多く、今より語ろうと思うのも、そんな男の一人である。

天保十二年（一八四一）は秋。江戸は日本橋から神田にかけての、大店小店が建ち並ぶ町の裏側の、木戸をくぐって、本来ならば長屋があるはずの場所に、一見、その場に似つかわしくない風景があった。

目立つのは大きな楓だ。紅葉し、透き通るような赤が印象的な。

地にもキキョウ、ハギ、ナデシコ、ススキなど、秋の草花が生い茂っている。手入れを放棄したような、ありのままにしたのも故意か。そこに武蔵野の自然がある。その中でも、季節外れのオミナエシの小さく黄色い花が無数に咲き乱れ、枝を広げる楓とちょうど相まって、下が黄色、上が赤と、巨大な炎のごとく、閉じられたこの空間においては、圧倒的な迫力で、美しいという言葉すらも超越しているようであった。

そんな庭の傍らには小さく素朴な庵があり、もはや寒いと言ってもよい風を気にすることもなく、開け放たれた障子の向こうには、これから語ろうとする男の姿がある。

歳の頃は二十半ば。

男は着流しで、前をはだけさせていた。本当に寒がっている様子はなかった。白い着物の下半分には黒い染めがある。それは龍のようでもあり、山の峰のようでもあり、逆に言えば、そのような何にでも見えるようにできているのかもしれなかった。

頭は月代(さかやき)も剃(そ)らず、ざんばら髪のままで肩まである。顔は彫りが深く、後世の我々だからこそわかることだが、この時代の人間には似つかわしくなく、あたかも西洋人のようであった。当時においては異相と言っていいだろう。だが、そこに浮かんでいるのは柔和な笑みだ。目の前の巨大な炎のごとき自然を眺めて浮かんだ笑みであった。

ただ見ていただけではない。

濡(ぬ)れ縁(えん)に和紙が敷かれ、そこに庭の風景が描かれている。墨の輪郭線と色鮮やかな赤と黄色で、あの大きな炎のごとき光景が見事に切り取られていた。その大胆にして色使いの細やかさはどうだ。

墨の線は大和絵などの均一さなどはなく、時には太く、時にはかすれ、色づけもまた輪郭をはみ出さんばかり。見る者にその迫力が伝わってくる。

男は絵師であった。

名を一丸(ひとまる)という。

「ふう……」

　数十枚の楓の葉の赤を入れ、一丸は筆を止めた。無論、赤も一色ではない。「赤紅(あかべに)」「真朱(しんしゅ)」「紅樺(べにかば)」「緋(ひ)」。その他の何種類もの赤の絵の具をも使い、楓が塗られる。これにより、現実よりも幻想的な光景ができあがっていた。

「違うかな……」

　一丸は納得していないようであった。

「赤がな……」

　その瞳には憧憬(しょうけい)の感情が浮かんでいる。美しさに対するその想い。

　――自然の赤のほうがきれいだ。

「あーあ……いやになった」

　筆を置き、床(ゆか)に仰向けに寝る。

　庵の中には所狭しと絵の道具が転がっている。筆や紙はもちろんのこと、絵の具を溶く皿の数々、籠に入ったさまざまな植物、剝(む)き出しの鉱物、それらを細かく砕く薬研(やげん)や小さな擂(す)り鉢など、足の踏み場もないほどだ。

　そんな物にぶつからないように一丸は器用に床に寝ている。

目は閉じていない。視線は寝たまま上に向かう。頭の向こう。奥の壁際に描きかけであろう、奇妙な絵が立て掛けてある。

まだ描きかけにもかかわらず、和紙が二曲一双の屏風（びょうぶ）に仕上げられ、そこに描かれているのは「眼」だ。紙の両端にほど近いところに一対の眼がそれぞれ描かれている。人の眼ではない。かと言って、獣の眼でもない。強いて言うのなら、鬼の眼であった。

「むう……」

目を凝らしてじっと見る。「眼」をだ。紙の中にただあるだけの「眼」もまた見返してくるかのようであった。

「まだ俺には無理ってことかよ。俺にはあんたらを描く力はないってことかよ」

一丸の顔には苦々しい表情が浮かんでいる。なにかをやろうとしているのにうまくいかない、そんな自分に対しての苛立（いらだ）たしさ、やるせない想い、そういったものが正直に感情となって表れていた。

そのにらめっこをどのくらい続けたであろうか。

ぎぃいぃいと木戸が開く音がして、元気の良い声が聞こえてきた。

「丸（まる）さん、丸さん！」

わらわらと童たちが、勝手知ったるといった感じで敷地の中に入ってくる。近所の長屋の童たちだ。

「紅葉（もみじ）拾ってよいかい、丸さん」

「おうよ」

一丸は寝転んだまま、ごろんと庭のほうに身体の向きを変え、気さくに答えた。

童たちは地面に落ちた楓の葉を拾い始める。彼らにとっては遊び道具であり、大変な宝物だ。

「おまえら、勝手に来るのはよいが、俺が絵の具を作っているときだけは出てけよ」

「またそれか」

「どうしてさ」

「絵を描いているときはよいくせに」

不思議がる童たちの声に、一丸はただひと言だけ言った。

「どうしてもだ」

童たちが納得したかどうかは定かではない。今は目の前の宝物集めに夢中であったのだ。

真っ赤な葉で両手いっぱいになるのにそう時間はかからなかった。

「丸さん、今日はよいのかい」

「おう」

「じゃあ、遊んでおくれよ」

「だったら俺の裏からドングリを拾ってこい。独楽を作ってやろう」

「ドングリ!?」

新たな宝物の言葉を聞き、童たちの顔が楓の葉のように紅潮する。

「よいの?」

「よいさ」

一丸の言葉が終わるよりも早く、童たちは庵の裏に走っていった。

苦笑しながら一丸は起き上がる。

童の興奮した声が聞こえてくる中、近くにあった木片を小刀で削り、独楽の軸を作り始めていた。

二

西暦で言えば一八三〇年代初めから一八四〇年代半ばにかけての、この天保年間ほど、江戸時代を通じて、呪われた時代はなかった。

前半天災、後半は人災である。

天災の最たるものは大飢饉である。「天保の大飢饉」は江戸の三大飢饉の中でも特に悲惨さを極め、餓死者たるや絶えることなしという有様であった。

この大飢饉の原因は天候不順による冷害や洪水などで、これがその年のみで終わることなく、数年の長きにわたり続いた。幕府や諸藩の対策も後手後手にまわり、各地で打ち壊しや一揆が多発する。

この大飢饉がようやく収束したのは天保十年頃のことと言われるが、まだ民心安からざるこの時期に人災が始まるのである。

天保の改革であった。

老中首座の水野忠邦は、元は肥前国唐津藩（今の佐賀県唐津市）の藩主だったが、幕府中枢権力への渇望から、わざわざ領地替えを申し出て、実石高の低い遠江浜松藩に移った。これは当時唐津藩では長崎警備の役目のため、幕閣入りが制限されていたためと言われている。

家臣の反対を押し切ってまで転封を達成した忠邦は、その後順調に出世を遂げ、ついに老中、そして天保十年に老中首座となった。さらに天保十二年、長く権力を握っていた大御所・徳川家斉が薨去するやいなや、将軍・徳川家慶を後ろ盾に幕政改革を始める。

改革は当初、奢侈、要するに贅沢を禁じる倹約令が主なものであったが、これがゆえに江戸市中は取り締まりの嵐となった。

華美な服装や物品は取り締まりの対象となり、庶民の娯楽である歌舞伎や芝居も禁止に近い制約を受けた。

しかし、庶民にとってははなはだ迷惑なことであったろうが、このくらいのことでは「人災」という言葉は行き過ぎのようにも思われよう。

実は、そのような大仰な言葉を持ち出したのには訳がある。

倹約令はあくまで改革の初動、もっと言ってしまえば隠れ蓑に過ぎなかった。

忠邦の狙いは別のところにあり、それこそが「人災」という言葉にふさわしく、この後、この国に数多くの混乱を引き起こすことになるのであった。

三

倹約令のせいで、にぎわいの減った江戸市中だが、すべてがそうであったわけではない。

庶民はたくましく、またある意味ずる賢いと言ってもよいであろう。

つい数日前に「蕎麦屋」に看板を掛け替えた、神田にある『酒菜』という店もそのたくましさを表していた。元は煮売酒屋（居酒屋）である。

そして、中は今も酒目当ての人々でいっぱいであった。

「まったくよお！　世の中真っ暗っていうのに、オイラたちの楽しみまで奪うってのはいってえどういう了見でえ！」

時刻は陽も傾き、提灯や行灯に火が入ろうかという頃。

店内に、ひときわ大きな声が響いた。

わめいているのは大柄な男だ。いかつい顔立ちで、ぎょろっとした目をさらに大きくひん剝いて怒っている。

「声が大きいですよ。お役人に聞かれたらどうするつもりですか」

たしなめているのは、こちらは対照的に小柄な男だ。生真面目そうな顔立ちで、頭巾をかぶり、学者か儒者といった風体だ。

「うるせえ！　そんときゃ、お白州の上で御政道に異を唱えて、立派に獄門にさらされてやらあ！」

まだ宵も酔いも始まったばかりというのに男は止まらない。

「おい、丸の字！　おめえだってそう思うだろ！」

いかつい男は卓を囲む最後の一人にそう言った。

「ん……」

めんどくさそうに声をあげたのは、一丸であった。

実はこの卓の三人はいずれも絵師である。

いかつい男は歌川芳若（うたがわよしわか）といって、市井の浮世絵師。師匠は歌川国芳（くによし）と言い、当代一の人気を誇っていた。

儒者然とした男は狩野（かのう）派の一人、狩野初信（はつのぶ）。狩野派は幕府の御用絵師で、初信の家は宗家ではなかったが、それでも幕府や諸大名からの仕事に追われている。

一丸を入れて、この三人は歳も近く、流派を超えて酒を呑む仲であった。

「丸の字ってばよ！」

芳若は一丸が生返事なことが気に入らないらしかった。

「丸さん、放っておきましょう。もう酔ったんですよ、この人」

初信があきれたように言う。

「ん……」

それに対しても一丸は口を濁す。まるで興味がないという体だ。

「そーかいそーかい。おまえら結託するっていうのかい」

　芳若は短気で短絡的な男である。本当に早々と酔っているのかもしれなかった。

「どうせてめえらのような宮仕えには町方の絵師の気持ちはわかるめえな！　世間が不景気になって嗇い懐が一段と嗇くなったら、オイラたちはおまんまの食い上げなんだよ！」

　この言い方にカチンと来たのか、初信も顔に怒りを表している。

「聞き捨てなりませんね！　なら言わせていただきますが、町方の絵師に私たちの気持ちがわかるというのでしょうか！　自由に、さまざまなものを題材に絵を描くことができるのがどれほど楽なことか！」

　もうおわかりかと思うが、意外にも初信も短気であった。

「なんだと！　町方の衆に絵を売って暮らすってのがどれだけ大変かまだわかってねえな！　きゃつらがどれだけ気まぐれで、熱しやすくて、流されやすくて、冷めやすいか！　流行りはあっという間に終わり、同じ物描いてた日にゃすぐに消えてなくならぁ！　伝統にあぐらかいてりゃいいてめえらと違うんだよ！」

「だからそちらこそわかっていない！　伝統伝統……そんなものに縛られ、新しいことはなに一つできない！　百年前とまったく同じものを描かなければならないということがどれほどつまらないことか！　ただただ先祖の絵をなぞるという作業がどれほど退屈なことか！　このままでは狩野派は滅びます！　それがうちの古狸どもにはわからないのですよ！」

芳若と初信は顔つき合わせてにらみ合った。

そして、ほぼ同時に一丸のほうを向く。

「丸の字！」

「丸さん！」

「おまえはわかるよな！　宮仕えっていっても、そもそもこっちの世界にいた人間なんだから！」

「あなたはわかりますよね！　偉い人たちの望むことがいつも保守的で、自分を殺さなければならない辛（つら）さが！」

両者から強い視線と言葉をかけられた当の本人はというと、

「んん……」

あいかわらず興味なさそうな声をひねり出すのみであった。

「…………」

それが逆に興奮に冷や水を浴びせる効果を生み出したのか、二人は鼻白んだように黙り込んだ。

　やがてグイッと酒を呑み干した一丸が口を開いた。

「どっちの気持ちもわかると言えばわかるし、わからないと言えばわからねえ」

「なんだよ、それ」

「俺は思うのさ。おまえたちのように絵について熱く語れるヤツは本当に絵が好きで、描きたいものがわかってるんだってな」

　一丸が淡々と言う。

「俺はだめだ。描きたいものがまだぼんやりしてて、まったく出てこねえ。それはもしかしたら俺が絵を描くということに向いてないんじゃないか。神さんがもうやめろって言ってるんじゃねえか。そんなことまで思っちまう」

「…………」

「おまえらがうらやましいぜ。くそっ」

　そう言うと一丸は笑った。

　毒気を抜かれたように芳若も初信も杯に手をかけた。

　ゆっくりと酒を呑む。

「うるせーよ、丸の字。オイラだってわかってるのさ。このご時世に絵を描いていられるのがどれほど幸せかって。けど、あんまり売れてない今を考えると、俺こそ向いてねえんじゃないかって」

「私こそ狩野派に向いていません。先祖の仕事を、自分の絵を否定したくなるんです。こんなことをやってたら必ず衰退するって、暗いことばかり考えてしまって……」

シュンとなり、二人が黙々と酒を呑み始める。

先ほどとは違う笑みを浮かべ、一丸が言った。

「どうした、どうした？　俺のひと言でこうも簡単に牙抜かれるとは。まったくかわいいヤツらだぜ」

「丸の字！」

「丸さん、あなたはなに楽しんでるんですか！」

そこへ、店の奥から現れた人影が近づいてくる。

「おこんばんは、お三人さん」

元気で、それでいて控えめさも入った声が響く。

「おちゃーちゃん！」

声を聞きつけたのか、他の席からも男たちの声が飛ぶ。

華奢で美しい少女が一丸たちの前に立っていた。

歳の頃は十五、六。名を小茶（おちゃ）という。この『酒菜』の看板娘であり、その役は十分果たしていた。視線の集まりを見れば、彼女目当ての客がいかに多いかがわかる。

芳若も、そして初信も彼らのうちに入る。芳若は露骨に、初信は隠すように小茶と出逢えた喜びを見せていた。

「おちゃーちゃん、こいつを見てくんな！」

芳若がいきなり諸肌脱いで、背中を露出させる。そこには色鮮やかな観音が彫られていた。

「ついに完成したのさ。この観音様はおちゃーちゃんだぜ！　オイラが元絵を描いたのさ！」

「どうりでへたくそだこと」

「なんだと、初の字！」

「小茶さん、こんな店でいきなり着物を脱ぐヤツは放っておいて、明日一緒に上野のお山に行きませんか。紅葉がとてもきれいですよ」

「だったらおちゃーちゃん、オイラと行こうぜ！　こんな青瓢箪（あおびょうたん）と行ったってなに一つ楽しいことなんかありゃしねえぜ」

「黙っててください！」

「うるせー！」

いがみ合う二人を小茶は見ていなかった。

もうずいぶんと前から小茶の視線は別のほうを向いていた。

視線の先にいたのは——一丸であった。

「丸さんは上野のお山には行かないの？」

遠慮がちに小茶が訊く。

「俺は行かねえよ」

一丸は、先ほどとは打って変わって無愛想に言った。

「そうなんだ……」

小茶は芳若たちに顔を向けて言った。

「ごめんなさい。お山に行くのはちょっとやめとくね」

「小茶！」

店の奥から主人である善兵衛の、小茶を呼ぶ声が聞こえてくる。

「はーい」

小茶はもう一度一丸を見ると、そのまま奥に戻って行った。

一丸はそちらを見ようともしない。

「くそー！　くそくそ！　この馬鹿野郎が」

芳若が一丸に顔を近づけ毒づく。

「まったくですよ、まったく！」

いがみ合っていたのもどこへやら、初信も芳若に同調した。

「なんでおちゃーちゃんはこんな野郎のことが気になっているんだよ」

「本当に」

だが、一丸は興味なさそうに、

「俺は関係ねえ」

と言って酒を呑んだ。

「俺の仕事先を知ってるんだから、俺が女に興味がないことぐらいわかるだろ。あいつらにゃ気を許せねえ」

「女嫌いが！」

「小茶さんも、なんでこういう人のことを……」

そのときだった。

「おやめください！」

小茶の強い口調の声が店の外から聞こえてくる。

芳若と初信が血相変えて立ち上がる。

一丸も怪訝（けげん）な表情を浮かべて、杯を卓に置いた。

四

すっかり暗くなった店の外で、人の良さそうな老人が、男たちに襟首をつかまれている。老人の顔には怯（おび）えが浮かび、男たちはそれを楽しむかのような凶悪な笑みを浮かべている。老人は『酒菜』の主人の善兵衛であった。

男たちは尻っぱしょりに股引（ももひき）で動きやすい格好をしている。腰帯には十手がさしてある。言うところの岡っ引きである。

そして、その男たちの上役は彼らの後ろにいて、小茶の腕をつかんでいた。

若い侍だ。腰には大小をさし、こぎれいな身なりは奉行所の与力であることがわかる。が、どこか違和感があった。刀や着物を身につけているのではなく、刀や着物に着られているかのような。

「お役人様、どうかお目こぼしを」

男たちはニヤニヤ笑って口を開かない。目に浮かぶ感情は、獲物をいたぶる獣のそれであった。

「おとつぁんを放してください！」

自分がつかまれているにもかかわらず、小茶は強い意志を顔に浮かべ、若い与力に叫んでいた。

与力はこぎれいな身なりとは逆の、下卑た笑みを浮かべている。

そこに店の中から芳若が飛び出てくる。

あとに一丸と初信も続く。

芳若が与力を見て言った。

「なんでえ、大砂屋の三男坊じゃねえか。なに役人の真似事してやがんだ！」

与力の顔色が変わる。

「黙れ！　我は南町奉行所与力の下地八尾じゃ！　頭が高い！」

「なに言ってやがる！　大砂屋の小便垂れの作太郎だろ！」

「黙れ黙れ！」

初信が気づいたように言う。

「これはあれですね。御家人株を買ったということですね。大砂屋さんといえば大店中の大店の札差。そのくらいの金はちょちょいのちょい」

御家人株を買って、町人が侍になる——江戸時代も天保の頃になるとそのようなことも珍しくなかった。跡取りのいない困窮した御家人にとっては非常に大きな収入になる。買う側にとっても、長男以外の次男三男の納まり先と、家の格付けの意味でも利点があった。もっとも、御家人株というのは言葉のあやで、実際は持参金を持ってその家の養子になるという体裁がとられたのだが。

一丸が芳若に訊く。

「どういうお人なんだい、こちらのお役人さんは？」

「大砂屋の三男坊で、有名なしょぼくれもんよ。一昨年(おととし)の三社の祭じゃあ、神輿(みこし)の担ぎ手としてついて行けず、ひっくり返って男衆に踏まれまくり、小便漏らしたので有名に……」

「黙れ黙れ黙れ！」

八尾の顔はこれ以上ないほど怒りで真っ赤になっていた。

「作太郎などもういない！　我は八尾じゃ！　おまえらそれが、侍に対する態度か！」

しかし、芳若も初信も一丸もまったく臆さない。

「はん、侍が聞いてあきれるぜ。大方、このゴロツキ連中も親父の金でかき集めたんだろうがよ」

「あとあれですね。奉行所の役人になって威張りたくなり、手当たり次第に因縁付けて回ってるってとこですね」

「黙らんかああ！」

八尾の声は怒りのあまり裏返っている。それがまた、侍に成り立てのこの男の滑稽さを強調していた。

「お上からのお達しで、奢侈が固く禁じられているのは知っておろう！　この店はその禁を破っておるのじゃ！」

「おいおい、ここは蕎麦屋だぜ」

「因縁ですからなんでもいいんでしょ」

「いいかげんにするのじゃ、おまえらあああ！」

八尾の目が血走っていた。

懐から十手を取り出し、それを掲げて言う。

「おぬしらが逆らっておるのは我ではないぞ！　これじゃ！　お上であり、御公儀じゃ！　本気で御公儀に逆らうのであれば、もはや我とおぬしらだけの問題ではない！　御奉行に申し立て、全員を引っ捕らえるがいかに！」

これにはさすがに芳若も初信も黙り込んだ。

八尾の言うとおり、公儀を持ち出されては沈黙せざるを得ない。封建社会において
その上下は絶対に覆すことができないものであった。
皆が黙ったのを見て、八尾の顔にようやく笑みが戻った。例の下品さを感じさせる
笑みだ。
「ようやく身の程を知ったようじゃな。御公儀に逆らい、悪事を行っておるのはおぬ
しらのほうじゃぞ！」
勝ち誇ったように八尾は言う。
くやしそうに芳若も初信も唇をかみしめている。
小茶もうつむき、善兵衛はただただ「お慈悲を」という言葉を繰り返していた。
その中で、一丸だけがどこか感情の抜けたような目を八尾に向けていた。わずかに
感じられる感情は怒りでも怯えでもない。強いて言うのならば憐れみだった。
しかし、八尾はその意味に気づくこともなく、弱った獲物をさらにいたぶるように
言った。
「まあお目こぼしがないわけでもない。この女が我の妾にでもなると言うのなら」
そこまで言ったときだった。
ぱしぃんと肉を打つ音が響く。

八尾の頬を小茶の手がはたいていた。力のかけ方は見事なもので、振り抜いた小茶の手の前に八尾の身体は吹き飛んでいた。

やがて八尾の身体が地面に叩きつけられたとき、気づいたように岡っ引きたちが慌てて動き出した。

「下地様！」

善兵衛を捕まえていた一人が、もう一人とともに八尾のもとに駆けつける。

残りの一人が小茶を拘束した。

八尾は身体を起こすと、呆然とした表情がふたたび怒りで真っ赤になった。

「この女！　拷問の上、打ち首じゃー！」

怒り狂った八尾が刀に手をかけて、小茶のもとに駆け寄る。

が、次の瞬間、またもその八尾の身体が宙に浮いていた。

続けざま、小茶を捕まえていた岡っ引きの身体も。

小茶を守るように立っていたのは一丸だった。

皆が動かない中、一丸だけが小茶のもとに駆け寄り、迫ってきた八尾の顔面を、そして続けざま小茶を捕まえていた岡っ引きを拳で殴り倒したのだ。

「丸さん！」

小茶が心配そうに一丸を見る。

一丸は――微笑んでいた。

「こいつはすいません。倒れかかったおりについつい手がぶつかってしまいました。なにせ下々なれば、足腰が弱くて」

地面に倒れ込んだ八尾は、もはやなにを言っているのかわからないほど狂乱していた。

「殺してやる……殺してやる……」

ようやくわかった言葉はそのようなものだった。

けれど、その八尾の想いが叶うことはなかった。

「!?」

蹄(ひづめ)の音とともに、馬上の侍が現れる。

「それまで！　それまでええ！」

数人の侍や小者を従え、一丸の前まで来て、下馬した。

家紋の入った陣笠(じんがさ)をとると、現れたのは目元涼やかな若い武士であった。身なりや馬上を許されたことからも大身の旗本と思われた。

慌ててその場にいた者が平伏する。

平伏していないのは、立ち尽くしたままの一丸と、唖然となり倒れたままの格好でいる八尾だけであった。

従者の侍の一人が朗々と言った。

「こちらは西ノ丸大奥申次、橋口上総介様じゃ」

その言葉を聞き、八尾も恐懼して平伏した。

「西ノ丸大奥といえば、先の御台である広大院様！」

先の将軍家斉の正室であった広大院が今も江戸城西ノ丸に健在で、隠然たる力を有していることは江戸中で知らぬ者はなかった。

その奥と表を取り次ぐ〝大奥申次〟ともなればその権勢は一介の与力など言うに及ばず、町奉行すらも超えていたであろう。

橋口上総はひれ伏す八尾を見て言った。

「そのほう、名は？」

「南町奉行所与力、下地八尾にござりまする」

「ならば下地、老中首座、水野忠邦様からのお達し、聞いておろう。こたびの改革においで、本丸西ノ丸ともに大奥はその外となすと」

「は、はは」

上総は一丸の横に立つ。

どこか渋々といった体で、一丸も膝をついた。

上総の顔に苦笑が浮かぶが、それに気づいた者はなかった。

「大奥に連なる者たちについては、改革を口実に取り締まること罷りならんということだ。そして、ここにおる一丸は……」

上総はふたたびチラッと一丸を見た。

一丸は露骨に視線を避ける。

「広大院様お抱えの御用絵師である」

「げえ」

八尾の口から驚きの声が漏れる。

「付け加えるならば、この『酒菜』も広大院様に御蕎麦献上を許されておる」

「…………！」

八尾は顔面蒼白でもう声も出なかった。

「先ほどから見ていれば、そのほう、広大院様御用の者たちと知っての無理難題、狼藉の数々、いかなる所存か」

「と、とんでもないことです！　まったく存じ上げぬことで……」

「その言上極めて不興なれど、こたびは許しおく。早々に立ち去るがよい」

「はっ、ははあ！」

八尾は地面に額がこすりつくほど頭を下げると、一目散にその場を立ち去った。配下の岡っ引きたちも同じである。

その様子を見て、一丸をのぞき、その場にいた者たちから笑みがこぼれる。

上総は一丸に向かい言った。

「なにごともなく、よろしゅうございましたな」

丁寧な言葉であった。

大身の旗本が、いくら御用絵師とはいえ、一介の町人に使う言い方ではない。

反対に一丸の言葉遣いのほうがぞんざいであった。

「なあ、この『酒菜』はいつから広大院様御用になったんだ？」

「先ほどそれがしが決め申した」

「ふん、権力で人を脅すなんざ、さっきの与力とあんまり変わらんなあ」

まわりの者たちは一丸の言葉に驚き固まる。

が、機嫌を損ねると思われた上総は笑っていた。

「兄上のひねくれも変わらぬようで」

上総の使った「兄上」という言葉に、周囲の者たちの驚きは頂点に達したのだった。

五

隅田川は江戸市中に入り、大川橋（今の吾妻橋）を越えたところから大川と呼ばれていた。

その大川に土左衛門が浮かんだのは今朝のことであった。

引き上げられ、莚をかけられた遺体のもとに、月番である南町奉行所の与力、松金十志浪がやってきたのは陽が頂点に届くかという頃である。

松金十志浪は三十に届かんという年齢で、与力の中でも経験豊かで、数々の下手人をお縄にしている、南町随一の切れ者であった。

長身ながら、決して細くは感じられず、人の心の奥まで射貫くような目つきは、鋭利な刃物を思わせる。

十志浪がやってきたときには、すでに配下の同心や、なにかと重宝し、直接使っている岡っ引きの留蔵がいた。

留蔵が遺体を見て言う。

「旦那(だんな)、これを見てくだせえ」

額に古い刀傷がある。それも一つではない。二つ、三つ。

「縫(ぬ)い目(め)兄弟の兄のほう、棄助(きすけ)に間違いありません」

「縫い目兄弟!?　火付けの？」

十志浪は驚いたように留蔵を見た。

「俺たちが追っても追っても捕まえられなかったあいつか！」

「そうです。それがこんなところで」

「だれかに殺されたのか？」

「それが……」

留蔵が怪訝な顔をした。

「どうもそうじゃないんで」

「どういうことだ」

「刀傷はおろか、傷一つなく……落ちて溺(おぼ)れたとしか」

「溺れた？　縫い目兄弟が？」

十志浪は遺体をじっと見た。

一見しただけだが確かに傷痕は見当たらない。長い付き合いだからわかるが、留蔵の調べにまず間違いはない。

それでも十志浪は釈然としないものを感じていた。

縫い目兄弟と言えば、江戸市中では泣く子も黙ると言われた盗賊団の頭だ。兄の棄助と弟の拾助。この二人を中心に鉄のような規律を誇り、決して尻尾を出さない。十志浪も何度か彼らを追ったが、用心深く、逃げられたことは一度や二度ではなかった。

――それほどの男が川に落ちて溺れる。

「解せねえ」

十志浪はもう一度ねぶるように棄助の遺体を見た。

「…………!」

なにか違和感がある。

それがなんなのかまだわからない。

勘かもしれなかったが、十志浪はそういった自分の感覚を大切にした。

やがて、違和感の原因がわかった。

粗末に思えた着物に柄がついているのだ。

「棄助は洒落者だったか？」

留蔵に訊くと首を振る。

「そんなことはないはずでさあ。用心深く、目立つようなことを極力避けていたはずなんで」

「ならば」

十志浪が留蔵に、遺体の着物の端を示す。

「これは汚れではない。なにかの色だ」

「おう」

留蔵も目を瞠(みは)った。

着物の一部に薄くだが、色がついている。

普通、そんなものがあれば川の水で流れ落ちたはずだが、奇跡的にそこだけは流れなかったようなのだ。

「鼠色……？」

薄い鼠色の染み。

遺体に残っていたのはただそれだけだった。

しかし、十志浪はどうしてもそのことを忘れることができなかった。

第一話

白鼠（しろねず）

一

月が出なければ、もはや漆黒の闇と言っても過言ではない。

星明かりはかすかで、ましてや建物の軒先が複雑に入り組んでいれば、もう届くことはあり得なかった。

この闇を喜ぶ男たちがいる。

彼らはこの時間、江戸市中の通りを歩いている。ある者は大通りを、またある者は軒と軒の間の小径(こみち)を。ほとんどは単独。多くても二人組で。しかし、その実、彼らは一点に集まろうとしていた。

バラバラにいたのは人目を気にしての行動であった。

集まる場所は駿河(するが)町。一人、また一人と現れる。目立つそぶりはいっさいせず、声も発さない。闇の中では、集団であるとすらわからない。

人数が十人を超えたとき、ようやく一人が口を開いた。

「おかしら」

ほとんど聞こえるか聞こえないかの声。それでも、わずかな風の音しかない町で会話するには十分すぎる声であった。

「集まりやした」

「支度しろ」

おかしらと呼ばれた男も低い声を発する。

それを合図に男たちは動きやすいよう、着物の裾をまくり上げ、紐（ひも）で袖を縛り、頭には黒い手ぬぐいをかぶり、先ほどよりもさらに闇に溶け込んだ。

盗賊であった。

彼らの目が一軒の大店（おおだな）に集まる。名を『加賀屋（かがや）』。呉服商である。

表に三人残すと、男たちは慣れているのか、落ち着き払った様子で、ゆっくりと店の裏手に回る。闇の中での男たちの動きは音もなく、秋の深まりを伝える縁の下のコオロギの鳴く声が響くほどで、それはこれから彼らが起こそうとしている悪事の警告音としては小さ過ぎた。

さきほど、最初に口を開いた男が〝おかしら〟と呼んだ男の耳許で、どこか揶揄（やゆ）するような口調で言った。

「あの木偶（でく）侍は今頃角のあたりに立っていやすな。なにも知らずに」

笑い声は出なかったが、〝おかしら〟の顔に笑みが浮かぶ。下卑（げび）た、明らかに名前の出た相手を見下す感情がそこにあった。

裏にある木戸を押すと、なんの手応えもなくすんなりと開いた。かんぬきはかかっていなかった。

「文吉(ぶんきち)の野郎、うまくやったようだな」

〝おかしら〟がつぶやく。文吉とは彼らが加賀屋に忍び込ませた内応役の名だった。

この手の盗賊団の常套(じょうとう)手段として、あらかじめ自分の手下を店の奉公人として忍び込ませるというのがある。大仕事に関しては準備に数年かけることも厭(いと)わず、この加賀屋襲撃はここ数年来もっとも大きな仕事であった。

木戸を通り、盗賊たちは加賀屋の土蔵の前まで来た。建ち並ぶ土蔵の数は加賀屋の繁栄を表している。闇に暮らす者にとって、涎(よだれ)の出る光景だった。

「…………」

しかし、ここで〝おかしら〟の動きが止まる。

怪訝(けげん)な表情であたりを見回す。自分たち以外の気配はなく、あるのはかわいた空気と虫たちの遠慮がちな声のみだ。〝おかしら〟にはそれが気に入らないらしかった。

「文吉はどうした？」

手筈(てはず)ではここで文吉と合流することになっている。

文吉の手引きで土蔵の中に侵入し、準備ができたところで、合図とともに表に残っていた三人が火を付ける。すでに前もって〝お宝〟の運び出しの算段はできている。火事の騒ぎが起これぱその隙に……。

すべてはうまくいく——と思われた。

だが、手引きするはずの文吉がいつまで経ってもやってこない。

(こいつは……)

〝おかしら〟の顔に初めて焦りが浮かんだ。文吉になにかあったのか、はたまた文吉の正体がバレたのか。

いつもの彼ならばここですぐに撤退を考えたであろう。その素早い決断が今日まで彼らに闇の住人としての資格を与えてきた。

が、今回は違った。一つの事実があった。

——役人は動かない。

それがなにを意味するのか。

「おい」

〝おかしら〟は手下の一人にささやいた。

「あの土蔵を調べてこい」

手前の土蔵を示し、肩を押す。

否という選択肢はない。彼らは恐怖に縛られた集団であり、頭(かしら)の命は絶対なのであった。断る先にあるのは死だ。

押された男は、自らを叱咤(しった)激励するかのようにカッと目を見開き、ゆっくりと音も立てずに土蔵に向かっていく。

見つめる一味の者たちにも緊張が走る。

「！」

扉に手をかけた男はなにかに気づき、仲間を手招きした。

――開いているのか？

男たちは周囲を警戒しながらも、扉に近づいていく。

「文吉のヤツ、ちゃんと仕事してましたぜ」

土蔵の分厚い扉が手前に少しだけ引かれている。鍵はかかっていない。

「開けろ」

もはや迷いなく、〝おかしら〟が言った。

微(かす)かな音を立てながら、厚い扉が開いた。

「！」

その瞬間、ゴォと低い音が鳴る。内と外との寒暖の差で風が生まれ、扉の隙間が狭い時に音を作りだしたのだ。

盗人たちは見てはいけない何かを見たように、顔をしかめる。

扉が開き、彼らの目に飛び込んできたのは光であった。実は決して大した光量ではなかったのだが、〝おかしら〟をはじめ全員が、まるで太陽を目にしたかのような衝撃を受けていた。

闇の中から急に光を見た、ということもある。だが、それ以上に光があるという意味が彼らに突き付けていた事実。中に人がいるということである。

土蔵の中は暖かささえ感じる。後にそれは火鉢があったためであることがわかるが、この時点では暖かさは不気味さを感じさせるばかりであった。

「おかしら！」

手下の一人が声を発した。

彼らに突き付けられた事実の二つめは、扉を入ってすぐのところに人が倒れており、それが自分たちが見知った顔であるということだった。

「文吉!?」

彼らを手引きするはずだった文吉が、気絶しているのか死んでいるのか、どちらかはわからぬが、ぴくりとも動かず土蔵の床(ゆか)に倒れていた。

「よう、待ってたよ」

土蔵の奥から声が飛び、光が近づいてきた。

現れたのは、手には大きな蠟燭(ろうそく)の燭台(しょくだい)を持ち、白の着流し、墨で入った柄は龍なのか山なのか見る者の心を惑わし、髪はざんばらで、顔の彫り深く、口許に上品でも下卑てもいない中庸の笑みを浮かべた、大奥御用絵師、一丸(ひとまる)であった。

「貴様は？」

〝おかしら〟の目に殺意が浮かぶのとほぼ同時に、手下たちのほうも懐に手をやり、隠した匕首(あいくち)をつかむ。

だが、一丸は動じない。

「物騒で無粋な連中だぜ。いきなり人を殺そうとするなんざ、盗人のやること。おっと、あんたら盗人だったたな」

一丸は〝おかしら〟を見て言った。

「縫(ぬ)い目(め)兄弟は、弟の拾助(とおすけ)」

「！」

「泣く子も黙る、江戸一番の火付け盗賊。そんなもんで一番をとってうれしいのかどうかは知らねえが」

「貴様、何者だ⁉」

〝おかしら〟こと拾助は、もはや凶悪な視線を惜しげもなく一丸に浴びせ、もう一度訊(き)いた。

「見てのとおり、絵師だよ。って、わからねえか」

自分で言った言葉を気に入ったのか、一丸は笑った。

それが合図であったかのように、盗人たちはいっせいに匕首を振りかざす。懐から出た白刃が、蠟燭の光を受けて、きらきらと輝いた。

「いい光景だ」

一丸の笑みは続いていた。

それにしても一丸はいったいどうしてこのようなところに。さらには、なぜ盗賊が来るのを知っていたのであろうか！

二

表看板は蕎麦屋、その実、煮売酒屋を続ける『酒菜』にはさまざまな客が来る。町人はもちろん、武士でも幕府の御家人や諸藩の藩士、中には袈裟を隠した坊主までやってきて、酒を呑んでいく。主人の善兵衛をはじめ、看板娘の小茶に至るまで、基本的に来る者拒まず、破戒坊主の場合でも見て見ぬ振りをして、たくましく商売を続けていた。

そんな客たちの中には、名物とまではいかないまでも、その特異な行動から人々の口の端に上る人物も現れていた。

毎月三日になると必ず現れる、質素な身なりの若い侍もその一人である。彼は、閏月を除けば、必ず月初めの三の日に、しかもきっちりと昼の七つ（午後四時ごろ）に現れる。江戸の時間は季節によってズレがあるが、それなのに七つぴったりにやってくるのだ。そして、必ず銚子一本の酒を注文し、あとはなにも取らずにゆっくりと呑むのだ。

小茶があるとき名を訊いたことがある。いつもはなにも喋らず呑んでいた侍が、このときは機嫌がよかったのか、肥前唐北藩牧野家の藩士、久元覚之助と名乗った。

唐北藩、牧野和泉守家、譜代一万八千石は、肥前の北にあり、近くの唐津藩などと一緒に代々長崎警護を任されている家柄である。

そうは言っても遠方の小藩、譜代とはいえ、なかなかに財政が厳しく、藩士たちも満足な禄を得られない。特に下級藩士は日々の食い扶持にも困る有様だった。国許でも厳しいのだから、江戸詰ともなれば、藩邸の長屋から出ることもないという者も多数いた。

御家人の最低禄高が四両一人扶持であり、これ以下を士分とは認めなかったが、地方の藩においては、士分でもこれを遥かに下回る者は多数存在し、下っ端を指すサンピンの語源となった三両一人扶持の者までいる。

覚之助も五両三人扶持で、余分な金などほとんどなかったが、それでもなんとか切り詰め、唯一の楽しみである『酒菜』での一本を続けていた。

秋のこの三日も覚之助はやってきた。

幕府から、後の世に「天保の改革」と言われることになる倹約令の触れが出て、活気を無くしていた町々だが、この日の『酒菜』はにぎわっていた。

それが覚之助にとっては不運であったかもしれない。

覚之助の隣に植木職人の一団が五、六人で呑んでいたのだが、酔ったその中の一人が覚之助に絡み始めたのだ。覚之助がただ一本の酒を呑むのを見て、ならば俺が奢ってやる、と勝手に料理を注文しようとしたのだ。

だが、覚之助は無骨な様子で断った。

「奢ってもらう謂れはない」

親切ではなく、からかいの気持ちから始まった行為であったが、無愛想にこう言われると反発したくなるのが江戸の職人だ。

しかも、彼らからすると覚之助の身なりが気に入らなかった。

江戸っ子は質草に月代を入れるほど、身なりにはこだわる。質から受け出すまでは月代が剃れないというわけだ。それというのも、この月代は毎日のように剃らねばすぐに伸び、手入れしていない草むらのごとくなる。覚之助はこの月代の手入れの金を切り詰めていた。

そのため、伸びてまばらな頭を職人たちはからかったのだ。

江戸市中において、多勢に無勢の場合、特に地方から来た侍は、逆らわずにコソコソと逃げ出すこともよくある。そう仕向け、「オイラはどこそこの田舎侍をへこませた」

と言いふらすのも職人の自慢であった。

覚之助は違った。

明らかに怒った表情で立ち上がる。

「なんでえ、お侍！　やるっていうのかい」

「やる」

それだけ言うと職人たちの前に立ちはだかった。

「この野郎！」

こうなると、「表へ出ろ」と言わなくとも店の前に出るのが暗黙の了解事だ。

小茶が店から飛び出てきて、慌てて両者の間に立った。

「やめてください！」

だが両者引かなかった。

「武士として町人に喧嘩を売られて引くわけには参らぬ」

「オイラたちだってこんなところで引いてたんじゃや、明日から通りを歩けねえ！　おちゃーちゃん、どいてくんな！」

「貧乏侍、どうせ腰の物は竹光だろ！」

「くやしかったら抜いてみやがれ！」

職人たちの野次にも覚之助は刀を抜かなかった。

戦国の気風が残った時代ならいざ知らず、今や刀を抜いただけで大問題になる。そして、実際覚之助の太刀(たち)は、職人たちの言うように竹光であった。

にらみ合う覚之助と職人たち。圧倒的に覚之助が不利だ。

覚之助を助けたい、というよりも、無駄な喧嘩はさせたくない、と小茶もその場を離れない。

「待った待った!」

そこへ威勢のいい声が響いてきた。

「芳若(よしわか)さん!」

小茶がうれしそうにそちらを見る。

猛然と駆けてきたのは、浮世絵師の歌川(うたがわ)芳若だった。

「喧嘩か? 喧嘩だな! ちょっと待った! オイラも混ぜろ!」

顔を紅潮させ、その目は期待に爛々(らんらん)と輝いている。その言葉は本心からのものであるらしかった。

「そうじゃなくて、喧嘩を止めて、芳若さん!」

喧嘩という甘美な響きの前には、小茶の声すら耳に入ってこないようだった。

芳若の登場で、植木職人たちの顔が曇る。面倒くさいヤツが来た、といったふうに顔を見合わせる。

覚之助のほうは、興奮した町人の出現にいささか驚いた様子であった。

「さあ、やろうぜ！　お武家さんが一人で、おめえらが、ひの、ふの……いっぱいだな！　よっしゃ！　オイラはお武家さんにつくぜ！」

そう言うや否や、諸肌を脱いで、自慢の観音様の彫り物をこれ見よがしに見せつける。そこに浮かび上がった筋肉は、とても絵師とは思えないものだ。

「いざこいや！　だれでもいいからかかってきやがれ！」

「うるせー、芳若！　てめえ、絵筆が持てなくなって吠え面かくなよ！」

「おおっ、勘の字か！　てめえこそ、しばらくは枝切りの梯子にも登れなくなるぜ！」

まさに激突、と思われたそのときだ。

「よしなさいよ、馬鹿馬鹿しい」

呆れたような声が、芳若の背後から聞こえてくる。

「その声は……初の字か！」

同じく絵師の狩野初信が芳若の後ろに立っていた。

「浮世絵師は血の気が多くていけませんねえ。なにいきり立っているんですか」

「うるせー、今から喧嘩だ、そこをどけ！」

芳若は振り返ると、初信に喰ってかかった。

「だいたいなにが喧嘩ですか。見ていればあなた関係ないでしょ」

「もうこの喧嘩はオイラが買った。となればオイラは大いに関係あるんでえ、べらんめえ！」

「馬鹿だ馬鹿だと思ってましたが、ここまで馬鹿とは。お侍さんと勘さんたちとの喧嘩でしょ。あなたが勝手に入り込んで暴れたら、みんなに迷惑というものです。いっそ、お侍さんと勘さんが手を組んで、この大馬鹿者と喧嘩をすればいい！」

「言ったな、この野郎！　上等だ！　全員まとめてかかってきやがれ！」

「もう、いいかげんにして！」

芳若と初信の口喧嘩に、いつの間にか小茶も加わって、こちらのほうが大騒動となってしまった。

植木職人たちは毒気を抜かれたように、酔いも醒め、「また来るよ、おちゃーちゃん」と帰って行く。

覚之助のほうも呆然（ぼうぜん）と立ち尽くすのみだった。

「あれ、あいつらどこ行った?」

結局この騒動は、芳若と初信が、植木職人たちがいなくなったのに気づいて、ようやく収まった。

「喧嘩が収まってよかったですね、久元様」

小茶も終わりよければという立場だ。

だが、覚之助から出た言葉は意外なものだった。

「本来なら礼を言わねばならぬところだが、そういうわけにもいかぬ」

芳若の顔色が変わる。

「なんだと?」

「町人に加勢され、事を収めたとあっては武士の面目がたたぬ」

「なんでえ、その言いぐさは! 気にくわねえヤツだな!」

「わしは武士だ! 武士には武士のやり方がある! 余計なことはしないでいただきたかった!」

覚之助は、真面目な顔で言った。

「おう、やるってえのか!」

芳若は完全に怒っている。

今度は覚之助と芳若の間で喧嘩が始まりそうだった。

「やめて、芳若さん！」

間に入ったのは小茶だった。

「芳若さん、なんでもかんでもすぐ喧嘩にしないでください」

「おちゃーちゃん」

芳若は、小茶には弱い。

小茶は覚之助にも言った。

「久元様も、お武家様にはお武家様の事情があるというのもわかりますが、芳若さんと初信さんのおかげで喧嘩にならなかったのもおわかりでしょ。お武家様である前に人として礼を言ってよいと思います」

小茶のはっきりとした口調に、覚之助は黙り込む。複雑な、いろいろな想いが入り混じった感情を顔に浮かべていた。そこには自分の態度を悔いるような気持ちも見て取れた。

それでも覚之助の口から出たのは、「武士として礼は言えぬ」のひと言だった。

が、同時に、

「わしのことで店に迷惑をかけたのは申し訳なかった。すまぬ」

と、小茶に頭を下げ、その場を去った。

「なんでえ、あいつ！」

「ちょっと問題あるんじゃないでしょうか！」

覚之助がいなくなった後で、芳若と初信は憤懣やるかたない様子で不満を述べたが、
小茶はどこか気の毒そうに言った。

「不器用な人……絶対に損してる」

「ちっ、武士ってやつあ、めんどくせえもんだぜ」

「そういえば」

初信が思い出したように言った。

「丸さんも武士だったんですね。いえ、今も武士なんでしょうか？」

「あれにはさすがのオイラも驚いたぜ。けど、今はもう違うんじゃねえのか？」

初信と芳若が小茶を見た。

「小茶さんは、丸さんが武士だったことを知っていたのですか？」

「くわしくは知らなかったけど……前はそうだったって……」

「あの野郎、水くせえな、おちゃーちゃんにだけ教えるなんざ」

「あ、違うの違うの。丸さんから聞いたんじゃなくて、教えてくれた人がいたの」

「教えてくれた人？」

不思議がる芳若と初信だが、小茶はそれ以上言おうとはしなかった。

三

広大院という女性がいる。

先の将軍、徳川家斉の御台所（正室）である。

この天保十二年（一八四一）においては、七十近い老婆であるが、江戸城は西ノ丸にあって、将軍や幕閣においても、なにも意見できないほどの立場の人間であった。

彼女がなぜこれほどの力を持つに至ったのか。

それについては、まずは遠回りになるが、一橋（徳川）治済という人物について述べなければならない。

徳川御三卿の一つ、一橋徳川家の二代目当主であり、後の世に「稀代の策謀家」と呼ばれることになる男であった。

御三卿とは、八代将軍であった徳川吉宗が創り出した、将軍家に嫡子無きときを乗り切るための言わば危機管理機構である。将軍のスペアを確保しておくシステムと言い換えてよいだろう。

同様のものに、初代徳川家康が創った御三家がある。そもそも八代吉宗はこの御三家の一つ紀州徳川家の出で、宗家を継いだ。しかし、そのことが彼にある種の危機感を抱かせる。自分の子孫が絶えたとき、自分とはすでに血の遠い、別の御三家のだれかに将軍職を奪われるのではないか、と。

そこで御三卿が誕生した。吉宗は、自らの血で将軍職の未来永劫の独占を願ったのだ。九代将軍となる家重の弟たち、宗武に田安家を、宗尹に一橋家を、後年、家重の子で十代将軍家治の弟である重好に清水家を創設させ、この三家をもって御三卿となした。

もっとも、吉宗以降の宗家において、家重、家治と順調に将軍職は伝えられ、家治にも家基なる聡明な後継者が誕生している。ここに御三卿は、血という意味でも、その存在意義においても薄れたものとなっていた。実際、幕閣は財政の面からも御三卿の血筋絶えなばすぐに収公したいという意向を持っていた。

徳川治済はこの情勢の中、一橋家の当主になっている。彼の心のうちに、御三卿の家の組織防衛のためなのか、それとも将軍家を己の血で繋ぎたいという野心があったのか、彼自身の言葉は残っておらず、それを伝える史料もないためわからないが、結果として彼の子供は十一代将軍家斉となり、たくさんの親藩、譜代、外様の大藩も彼の血によって埋め尽くされた。

そこに後世で指摘されているよう、「策謀」はあったとみるか、それとも、なかったとみるか。

ここに一つの隠された事実を挙げたい。

まだ将軍継嗣の問題などまったくなかった時期に、治済は一人の大名に接近している。外様の雄、薩摩藩の島津重豪である。

治済の嫡男である豊千代と、重豪の娘である篤姫の婚約が決まり、まだ四歳だった篤姫は一橋家に引き取られた。

このとき、治済は特に願い、薩摩にいたある一族を篤姫付きの家臣として一橋家にもらい受けている。

この〝ある一族〟に意味があった。

島津重豪という男についても述べておく。

薩摩藩第八代の藩主である。十一歳で家督を継いで以来、三十年以上藩主の座にあり、さらに隠居後も、子や孫の代まで実権を握り続けた。「島津に暗君なし」の言葉通り、決して暗愚な殿様ではなかったが、その生涯を眺めてみれば、権力欲の強さに驚かされる。

だが、いかに権力をふるおうと、それは所詮中央から遠く離れた薩摩という地でのこと。米の収穫すらもままならない、火山灰のやせた大地の王であることは、重豪にとって決して満足できるものでなかったようだ。

参勤交代で訪れる江戸は、あまりにも大きく、富が集まり、活気にあふれ、まさに国の中心とはどういうことかを見せつけていた。そしてなによりも、国を支配する武家階級の頂点に君臨する将軍。どれほど領地があろうが、外様である限り、決して関わることのできない幕府という支配の中枢――その甘美なる香り。

その香りをさんざんに嗅がせて、治済は重豪に言ったのかもしれない。薩摩藩が隠し持つ〝切り札〟があればもしかしたら不可能が可能になるかも、と。

そのようなことは想像するに恐ろしいことだったが、それでも重豪は可能性にかけたのではないかと思う。外様大名初の将軍の舅になるということに。

だからこそ、切り札を娘につけて治済のもとに送ったのだ。

〝ある一族〟を。

安永八年（一七七九）、十一代将軍となるべきはずだった家基が十八歳で急死する。鷹狩りの最中の突然の死であった。

悲しむ家治を横に、十一代将軍の座を巡って暗闘が繰り広げられる。

本来、家治に最も血が近い、清水家を創設した重好が早々にこのレースから脱落する。後世においては、この脱落には時の老中である田沼意次と一橋治済の暗躍があったと言われている。

御三卿筆頭の田安家にも子はなく、結局、治済の子である豊千代が十一代家斉となった。

そして、このとき、治済と重豪の繫がりの強さを示すことが起こったのだ。

将軍の御台所は宮中のやんごとなき姫君、具体的に言えば、宮様か五摂家の姫が慣例となっていた。このため、将軍世子となった豊千代も当然そうなるはずで、外様大名の娘である篤姫との婚約は解消されるのが普通であった。

しかし、治済は解消するつもりなど毛頭なく、篤姫を近衛家の養女にして、慣例に沿う形で娶らせるという奇策により、結婚を強行した。

次期将軍の父となり、すでに幕府をも動かせるほどの権力を握った治済が、なぜ外様の島津家に遠慮するかのようにその立場を守ったのか。

治済と重豪の間に共有する秘密があったとしか考えられないのである。

家斉と篤姫の仲はすこぶる良く、子もできた。残念ながら早世してしまったが、家斉は生涯において篤姫の意見を聞き、側室の子であった十二代家慶にも篤姫を敬うように申しつけた。

家斉は長く将軍の座にあり、さらに将軍を退いた後も大御所として権力をほしいままにした。それは篤姫の権勢をも増大させた。

家斉が薨去し、篤姫が落飾して広大院となった後も、この権勢は維持されたのであった。

四

西ノ丸大奥の、中庭に面した部屋に一丸はいた。畳の上に敷いた板に紙を置き、脇に絵筆を並べ、自らはじっと、目の前の光景に集中している。

障子が開け放たれ、その先の庭には、数種の楓や銀杏が植えられ、紅葉、黄葉、さまざまな色が入り混じり、それでいて刈り込まれ、手入れされた木々は、整然とした落ち着きを感じさせる。自然美、野生美という意味からは離れているが、それでも人が手を入れて創り出した秋の美としてこれ以上のものはなかろうと思われる、見事な眺めであった。

その美を一丸とともに見ているこの部屋の主は、ちょうど庭と一丸の絵を同時に見ることができる位置で、顔に柔和な笑みを浮かべている。小柄な、本当に小柄な老婆で、仏門に帰依したことを示す尼頭巾をかぶり、畳に座している。しかし、深く刻まれた皺の中にある瞳の強い光は、あらゆる年月を超越し、瑞々しくも荒々しい力を感じさせるものであった。

広大院その人である。

他に、広大院の横に、こちらは自然と歳をとった老女が座っている。細い眼でせわしなく、広大院、一丸、庭、絵……とあちらこちらを見やる様は、その神経質さを素直に表していた。広大院付きの御年寄筆頭、杉乃である。

さらにもう一人、部屋の一番縁側に近い場所に座しているのは、絵師や医師を除けば男子禁制のはずの大奥にいることがはばかりあるはずの、青年の武士である。りりしき落ち着きある態度は、この場にいることが決して特別なことでないことを示していた。西ノ丸大奥申次、橋口上総であった。

「おう」

感嘆した声が広大院から発せられる。一丸がちょうど赤に続き、黄を紙に入れたときだ。

「見事な色使いじゃ。絵師としての腕を一段と上げたようじゃのう、小一郎（こいちろう）」

その名で呼ばれたとき、一丸の表情が硬くなる。

絵筆を止めることなく、広大院のほうを見ることもなく、言った。

「広大院様、その名前はご勘弁を。今は一介の絵師、一丸でございます」

「わらわにとっては、そちはいつまでも小一郎よ。のう、上総」

「ははっ」

上総は笑みを浮かべうなずくのみだ。

（こいつ……楽しんでやがるな）

一丸はようやく絵筆を止め、広大院を見て言った。

「よろしいのですか。私のような絵師はともかく、男子禁制の大奥に、いくら申次役とはいえ、橋口様をお入れして」

「構わぬ。そちたちは幼き頃より大奥を走り回っていたではないか。年寄りたちならば皆知っておるじゃろうて」

「おそれながら、そのことにつきまして」

　ここでようやく杉乃が口を開いた。

「上総殿が参りますと、女たちの中には騒ぎ出す者がおりまする。何人もの侍女たちが襖の前に集まって覗き見をし、まさに今源氏と興奮して倒れ込む者まで出る始末。この上は上総殿には御用部屋にお止まりいただくのがよろしいかと」

「構わぬ構わぬ」

「広大院様」

「むしろ、わらわは上総によって女子たちが興奮する様を見たいのじゃ。上総はわらわが幼き頃より育てた、息子も同然。息子が女たちの人気になることは母として自慢すべきことと」

　そう言うと、広大院はホホと笑った。

　杉乃は渋い顔をしたまま黙り込む。

「一端の大名にしてやりたいとも思ったが、それでは上総が我がもとを離れねばならなくなるからのう。五千石ならば格においても恥ずるところなし」

「もったいのうございます」

　上総は深々と頭を下げた。

「これもすべてわらわの意に反して武家をやめた者がおったからじゃ。せめて残った上総にはその分も尽くしてやらねば」

広大院はわざとらしく泣くふりをして、チラッと一丸を見た。

（めんどくせえ婆さんだぜ……）

一丸もまた深々と頭を下げ、視線を合わせないようにする。

広大院はおもしろがるように言った。

「おおかた、めんどくさい婆だとでも思っていよう、一丸」

（な……）

「一丸殿、本当でございますか!?　ああ、広大院様に向かってなんということを」

杉乃の怒りの声が響いてくる。

「おそれながら、そのようなこと思ってもおりませぬ。どうかご勘弁のほどを」

見ると、上総は笑いをこらえている。

苦々しく思いながらも、一丸はひたすら頭を下げ続けた。

「小一郎」

広大院が笑みを収め、静かに言う。

「本当に今のままでよいのか？　そなたの家は祖父、父と代々、わらわと今は亡き文恭院様に仕えてくれた。そなたの代になり、その奉公に報いたいと思っておったところじゃ。いきなり武家をやめぬとも、武家のまま絵師になる道もあったのではないかえ」

「………」

「面を上げよ、小一郎」

言われて、ようやく一丸は顔を上げた。その顔は先ほどまでとは違い、真剣な表情に変わっている。

「ありがたきお言葉なれど、短慮によって決めたことではございません。そこまでおっしゃってくださるならば、おたずねしたき儀がございまする」

「くるしゅうない」

「もしご奉公を続け、ご恩をうけたならば……」

一丸の顔に緊張が走る。

このとき、なにを言うか気づいた上総もまた緊張を表していた。わずかに手が伸びている。兄を止めようとしたのかもしれなかった。

一丸が言葉を紡ぐ。

「我ら一族、〝絵付け〟をやめられましたでしょうか」

一丸と広大院のみならず、この場にいる四人ともがその言葉の意味を理解していた。絵師ならば〝絵付け〟という言葉になんの不思議もないかもしれない。けれど、それはまったく違う意味であることを四人は知っていたのだ。

「こ、これ……」

慌てて杉乃が一丸に向かってなにか言いかけたが、広大院が手で制止した。

一丸は広大院の顔を見つめている。

広大院は先ほどまでの優しげな老婆ではなかった。いや、顔にはまだ微笑みが浮かんだままであったが、その目の奥の光が、力強さに加えて妖しさすらも醸し出していた。彼女は長年にわたり激しい権力闘争を勝ち抜いた女傑であった。そこから来る、畏れすら感じさせる視線が一丸を貫いていた。

「やめることは叶わぬ」

広大院ははっきりと言った。

「そは宿命ぞ。おぬしの一族はそれによって生かされた。なるほど年月は経っていよう。しかし、伝えられた者がいる限り、その宿命から逃れることはできぬ」

「……………」

一丸はなにも言わない。

「祖父が死に、父母も死に、弟を養子に出した後、武士をやめるとは見事な企みじゃ。自らの代で宿命を絶とうとはな」

「…………」

やはり一丸は答えない。

上総はきつく歯を噛みしめていた。兄を見やる目に哀しみが浮かんでいるように思われた。

突然、広大院がきびしい顔をやめ、破顔した。

「わらわが死ねば、おぬしの〝絵付け〟を使う者もいなくなる。あと少しの辛抱じゃのう」

「な、なんということを、広大院様！」

悲鳴をあげんばかりに杉乃が言った。

「広大院様がお亡くなりになることなどございません」

「わらわも人間ぞ。いつかは死ぬ。わらわが死んだ後は、ふたたび武士に戻るつもりはないのか、小一郎？」

「未練はございません。私は生涯を一介の絵師として過ごすつもりでございまする」

「ふうむ……嫁もとらぬか」

「はい」

「残念がる者もおるのう」

ふたたび広大院が笑った。

「雅禰(まさね)」

広大院の声に、庭とは反対の襖が開く。

一人の侍女が頭を深々と下げ、控えていた。

「雅禰、聞いたか。小一郎は嫁をとる気はないそうじゃ」

雅禰と呼ばれた侍女が顔を上げる。

彼女を初めて見る男子がいたならば、おそらく声をあげたであろう。雅禰はそれほどの美女であった。絶世、傾城(けいせい)、などの美しき女に対する修飾語がこれほど似合う女も珍しいと思われた。

歳の頃は十七、八。

唇がたおやかに動く。

「畏れ多いことにございます」

紡がれた言葉も耳に心地よく響く。

しかし、一丸はそちらを向こうともしない。

「小一郎よ、雅繭の気持ちは知らなんだのか？」

「知りません」

一丸ははっきりと言った。

上総が笑みを見せる。それが嘘だと知っていたからだ。

「雅繭は家慶殿の奥に誘われたほどの女子。まあ、わらわは渡すつもりは毛頭なかったがの。その女子に慕われるとは、小一郎が大した男なのか、雅繭の目が壊れておるのかはわからぬが」

広大院は雅繭に言った。

「雅繭よ、上総のほうがはるかに男っぷりは上だと思うがの。上総にしておくのはどうじゃな」

「橋口様は」

雅繭は表情を変えずに言った。

「私のことなど決して見ようとはなさりますまい。橋口様は女子などよりも兄上様のほうをお好きでございますから」

「おい！」

慌てて声を上げたのは、上総ではなく一丸のほうだった。

「ほう。では、上総と雅禰は恋敵というわけか」

「はい」

雅禰が初めて笑う。

上総のほうも意味ありげに笑った。

「広大院様、本日はお暇(いとま)させていただきとうございます。すでに絵筆を持つ力が残っておりません」

一丸が疲れたように言った。

五

その日、藩邸にいた久元覚之助は、故郷(くに)の知らせに愕然(がくぜん)となっていた。

父が病で倒れ、その看病をしていた母もまた疲労からか倒れたというのだ。父の病は心臓に起こったものらしかった。

「心の臓の病とは……」

無論、両親が倒れたからといって、勝手に故郷に戻るわけにはいかない。厳格な父親もそんなことは許さないだろう。

しかし、覚之助も人の子、なにかせずにはいられなかった。

その日の勤めを午前中で終えると、役目と三の日以外出たことがない江戸市中に、風呂敷包みを持って出かけていった。

覚之助が訪れたのは、同僚に教えてもらった質屋であった。

風呂敷から着物を取り出すが、質屋の主人は渋い表情を作ったままだ。

「お武家様、申し訳ありませんが」

主人は着物を一瞥（いちべつ）するなり言った。どれもこれもみすぼらし過ぎ、とても質草にならないと。

「それでも金を借りた者もいたと聞くが」

あきらめきれず、覚之助が言った。覚之助の同僚は、同じ石高だが、確かに金を借りていた。

しかし、それは信用貸しであった。

「何度も貸し借りを繰り返しておりまして、信用が積み上がっております」

借りて金を使う、ということを我慢していたことが逆に仇（あだ）となった。

「どうしても二両必要なのだ」

二両といえば、覚之助にとっては大金だ。けれど、故郷の両親に薬を送るとなれば、そのくらいの金が必要になるのだった。

「二両などとても無理。二分ですら出せませんな」

「そこをなんとかならぬか」

「申し訳ございませんが、こちらも商売なので。手があるとすれば……そちらの大小」

主人が覚之助の腰の物を見つめる。

が、落胆したように言った。

「重さは感じられませぬなあ。竹光でございますか」

「…………」

覚之助は力なくうなずいた。

だが、主人の視線は大小から、具体的に言えば小刀から離れなかった。

「お待ちください。そちらの小刀は……」

その言葉が終わらぬうちに、覚之助は小刀をつかんで言った。

「これは出せぬ」

強い口調であった。

質屋を出た覚之助は、とぼとぼと神田まで歩いてきていた。足は『酒菜』に向かっている。

江戸において、藩邸以外、覚之助が知るところは『酒菜』しかなかった。

その足が止まる。

行ってどうなる――覚之助の脳裏にその言葉が浮かんでいた。『酒菜』に借金を申し込むのか。いや、金貸しでもない店にそんなことはできない。ではなぜ向かってしまっていたのか。それは現在の心細さが原因であるかもしれなかった。

――武士であるわしが町人を頼ろうとしているのか。

それは最も忌避すべき考えであった。

幼い頃より覚之助は武士として厳しく育てられた。それも言うなれば古き武士道の精神においてである。肥前は中央から遠く、近隣の大藩、佐賀鍋島藩では「武士道というは死ぬことと見つけたり」の文言で有名な『葉隠』が書かれているが、これもまた古い武士道であり、この時代の朱子学に基づいた文治の武士道とは相容れなかった。そのため、藩士として出仕した後も、古き武士道に凝り固まった覚之助は、藩政に関わる仕事では融通が利かず、元々の下級身分も相まって、雑用に近い仕事ばかりやらされてきた。それでも腐らなかったのは、それそこ武士としての矜持であろう。

「…………」

父母の病という事態において、覚之助の中の古き武士は、なにもできない無力な存在になろうとしていた。

そして、それを認めることは今までの覚之助そのものを否定することになる。しかし現実の前での無力さはいかんともしがたい。覚之助は己の中に生まれつつある感情に戸惑っていた。

やがて『酒菜』の前まで来た覚之助は、店を目にすると、すぐに藩邸に戻ろうと踵(きびす)を返した。自らの矜持を捨てるわけにはいかなかった。

このとき、周囲への注意が散漫となっていたのだろう。

覚之助の身体は前から来た男にぶつかっていた。

男は避けようとしたのだが、覚之助のほうが、自ら愚鈍と思えるような動きで男にぶつかっていったのだ。瞬間、明らかに己が悪いと覚之助も理解していた。

だが、ここで覚之助の行動を決めたのは古き武士道であった。

「無礼者!」

咄嗟(とっさ)に覚之助は叫んでいた。

——武士と町人がぶつかったときは、道を空けなかった町人が悪い。

確かに武士のあり方として間違ってはいない。けれど、月に一度ではあるが、町人の中に身を置くこともある覚之助にとって、そこに違和感があることはわかるようになっていたのだ。ましてや、この場所は先に町人との軋轢（あつれき）を起こした『酒菜』の前であった。事を荒立てたくはなかった。

覚之助が救われるのは、この理不尽な状況で相手が非を認め、謝ってくれることである。果たして――

ぶつかった着流しの男は、覚之助を見た。

穏やかな表情をしている。

「！」

男はスッと覚之助に向かって頭を下げた。

「こいつはすいませんでした。私の不注意で」

覚之助は救われた。

「わかればよい」

そこに声が聞こえてくる。

「あ、丸さん！　それに久元様！　どうされたんですか？」

小茶が店から顔を出していた。

覚之助のぶつかった相手は一丸であった。

「小茶っ子、こちらのお武家様を知ってるのかい」

「うちの大切なお客様です。それから、丸さん、その小茶っ子っていう言い方やめてくださいと言ってるでしょ。もう子供じゃないんだから」

「すまねえすまねえ。それより、お武家様、私の不注意ですまないことをしました。ここは一つお詫びをさせてください」

「いや、わしは……」

「小茶っ子、席空いてるかい」

「もちろん。あと、小茶っ子はやめて！」

一丸は半ば強引に覚之助を『酒菜』に連れ込んだ。


ぶつかったとき、一丸のほうは冷静に相手を観察していた。顔に自らの不注意を悔やむ表情が浮かんだのも見逃さなかった。そして、出てきた言葉が「無礼者」である。武士としての不器用さを一瞬で見抜いた。

武士をやめた一丸にとって、理不尽でも謝ることなど造作もないことだった。

店の中に入っても覚之助は落ち着かなかった。

「どうされました？　初めてではないでしょうに」

小茶がそれに答えるように言う。

「久元様は閏月以外は、月に一度必ず三日に来ていただいている大切なお客様よ」

「それはそれは。だったら、そんなに取り乱すこともないでしょう」

「金がない」

覚之助が小さな声で言った。

「は？」

「だから金がないのだ。今は酒を呑むことはできん」

その正直さに、思わず一丸から笑みがこぼれる。

覚之助はそれを笑われたと思ったらしく、いきなり怒り出した。

「金がないことを馬鹿にするか!?　わしを侮辱するというのなら……」

「違いますよ。私の笑いがそうとらえられたのならば謝ります。そうじゃねえんですよ。お武家さん、あんたのその素直な心に感心しまして」

「馬鹿にしておらぬのだな」

「おりません」

「ならばよいが、ともかく、酒は呑まぬ！」

「ご安心してください。ここは私が払いますゆえ」

「それはならん！」

覚之助は硬い表情を崩さなかった。

「町人に奢られたとあっては武士の名折れ」

「奢りじゃありませんよ。お詫びです」

「どっちでもよい。おぬしの金でわしが酒を呑むことには変わりない。それはどう理由をつけようと、町人に奢られるのと同じだ。武士としてそんなことはできぬ！」

「なるほど。やはり、そう堅く考えてしまいますか」

一丸は、目の前の男が嘘のつけない不器用者という想いを強くした。

「町人に武士の気持ちはわからぬ！」

そう言って、覚之助がその場を立ち去ろうとしたときだ。

酒を運んできた小茶が言った。

「久元様、丸さんは元々はお侍さんなんですよ」

驚いたように覚之助の動きが止まる。

一丸は困惑したように小茶を見た。

「小茶っ子、おまえさん、口が軽すぎだろうがよ」

「丸さんがあたしのこと子供扱いしなけりゃ、もう少し口がしっかりなると思う」

「つたく……」

覚之助がじろじろと一丸を見た。

「おぬし、元は武士か」

「ま、そういうときもありました」

「なぜ武士をやめた？　改易か？」

「自分の意志でやめました」

「自分の意志!?」

覚之助は興味を持ったようだった。ようやく席につく。

「お呑みになられる決意が固まりましたかな？」

「奢られるわけではない。借りということでどうじゃ。ここの半分は後日必ず支払う」

「本当に頑固な御方ですな。わかりました。それでいきましょう」

「うむ」

覚之助が一丸につがれた杯を手にする。

二人はほぼ同時に酒を呑み干した。

「うまい」

　これまた素直に覚之助は言った。

「五臓六腑に沁みますなあ」

　一丸も満足げに杯を置く。

　しばし二人は酒をつぎ、呑んでいたが、やがて一丸が覚之助に訊いた。

「なにやらお悩みがあるようですが」

「…………」

　覚之助は黙っている。

「やはり金ですか」

「…………！」

　覚之助の動揺が伝わってくる。

「私で良ければある程度はお貸しできますが」

「酒代を借りて、その上さらに金を借りることはできん。気持ちだけありがたくいただいておく」

「堅物ですなあ」

「なんとでも言え。こういう性格でずっと来た。もはや変えることなどできぬ」

「よろしければ理由をお聞かせくださいますか」

「故郷（くに）の父母の病だ。それだけだ」

「そいつはまた難儀な……」

「江戸と違って医者もままならん。せめて薬をと思ったのだが」

ふたたび覚之助は黙り込み、杯も卓に置いた。

「我が家は確かに貧乏だが、同輩も上役も似たようなものだ。故郷全体が貧乏なのだ。江戸にはすべてがあるが、故郷にはなにもない」

「そんなにもひどい有様ですか」

「そうだ。それでもまだ故郷におるうちはなんとかなるのだが、参勤で江戸に来てしまえばなにをするのにも金がかかる。故郷で貯めた金をすべて吐き出さねばならん」

「江戸にすべて搾（しぼ）り取られちまってるってわけですか」

「これ！　滅多なことを申すな。御政道を批判しているわけでは決してない。倹約にしてもなんにしても、ただただ我らの努力不足と言えよう」

「それはどうですかな。倹約だって限度ってもんがあるでしょうに。参勤さえなくなればそこまでひどくはなってないと思いますが」

「…………」

覚之助は答えなかった。

この堅い侍でもわかっているのだ。参勤交代というものの恐ろしさと悲惨さが。

そもそも参勤交代というのは、初期の幕府によって作られた地方疲弊システムなのである。大名たちが力を持つことを恐れた幕府は彼らの資金を次々と使わせる政策をとった。天下普請がそうであり、幕府の城を造らせ、河川を改修させ、街道を整備させた。そして、究極の方策として考え出されたのが参勤交代である。大名たちを一年おきに江戸に来させ、生活させる。この費用のため地方は疲弊し、諸国の大名とその家来が滞在する幕府のお膝元の江戸は消費が活発になることもあって潤う。大名たちにはなんの得もないのだが、格をつけることで彼らのプライドをくすぐり、結果的に行うことがあたりまえの行事として定着させた。これを繰り返す限り、地方は永遠に疲弊し続ける――

「よく我慢しておられますよね、どの御家も」

「…………」

「武士は我慢するのみですか」

「そうだ」

普段なら決してないことであったが、この日の覚之助は少し酔ったかもしれなかった。それが証拠に、これほど饒舌であり、さらに好奇心を表した。

「なぜ武士をやめたか」

　真摯な様子で一丸を見る。

「そうですね。やりたいこともやれない武士に幻滅したとでも言いましょうか」

「やりたいことがやれぬと」

「そもそも人はなんのために生きているのでしょうか。生を享け、成長し、子を生し、命を繋ぐ。それは武士も町人も百姓もかわりないはず。現世を生き抜く上でいろいろと大変なことがあるのは百も承知の上で、その中でも特に武士が窮屈に感じまして」

「どういうことだ?」

「久元様にとって、自分と御家ではどちらが大切ですか?」

「御家に決まっておろう。御家がなくなれば、武士は生きていけぬ」

「果たしてそうでしょうか」

「なに!?」

「武士をやめても十分に生きていけます。百姓になっても町人になってもよい。現にこの江戸には各地で食えなくなった者たちが集まり、彼らはしっかりと生きております。御家がなくなれば生きていけぬというのは幻でしかありません」

「おぬし！」

「考えてもみてください。自分たちが生きていくうえで御家が生まれたはずです。それがいつの間にか御家を存続させるために武士が死なねばならないことが起こってくる。本末転倒も甚だしい！」

「やめろ！」

覚之助はついに大声を上げた。

周囲の客たちが何事かと一丸たちを見る。小茶も驚いて奥から飛び出してきた。

覚之助は興奮して言った。

「それを言ってはならぬのだ！　それを言っては！」

「なぜです」

「武士はそう教えられて生きてきた。それは宿命なのだ！」

「宿命ですか。馬鹿馬鹿しい」

一丸も熱く、遠慮がなくなっていた。その言葉は覚之助に向かって言ったのか、それとも自分に向けて言ったのか。

「おぬしこそ武士を逃げたのではないか!?」

「そうかもしれません。けれど、後悔などしておりません」

「これ以上武士を愚弄するのはやめろ！　さもなくば……」

覚之助は反射的に刀に手をかけようとした。が、気づいたようにその手は止まった。

「久元様……」

「わしは所詮おぬしに馬鹿にされるような武士かもしれん。竹光ではおぬしを斬ることはできぬな」

「お見かけしたところ、そちらの小刀は確かなもののように見えます。腹がお立ちになられましたなら、そちらでお斬りください」

「これは……」

覚之助は小刀を握りしめた。

「他人を斬るわけにはいかぬ。そのためにあるのではない」

すぐに一丸は理解した。

「自死のためですか」

「そのとおりだ。いざというとき、自らの命を絶つためのものだ」

「それが武士の心得であると。馬鹿げているとは思いませぬか」

「宿命だ！」

ふたたび覚之助はその言葉を使った。

今度は一丸はなにも言わなかった。

「世話になった」

覚之助が立ち上がる。

「今日の呑み代は必ず払う」

「…………」

「これにて」

覚之助は足早に店を出て行った。

小茶が一丸に近づいてきて言った。

「今日の丸さん、少し変だよ」

「そうだな」

「わかってて久元様を怒らせたの？」

「……俺こそが弱い人間だ。あのお侍には悪いことをした」

「丸さん？」

（宿命に囚（とら）われているのは俺のほうなのにな……）

一丸は残った酒を一気に呑み干した。

六

江戸城本丸御殿の一角、少し離れた御用部屋で、裃(かみしも)姿の武士が火鉢を囲み、向き合って座っていた。

一人は、女性かと見まごうような白い肌の持ち主で、細身の身体にこれまた小さな頭が載っている。しかし、決してひ弱さなどは感じさせない。むしろ、しなやかな刀身を思わせる。歳もすでに五十に近いはずだが、これまた感じさせるものはなく、強い生命力があふれ出るかのようであった。

老中首座、水野越前守忠邦(みずのえちぜんのかみただくに)である。

もう一人は、忠邦に対し、畏れ控えるように身を縮ませている。しかし、それを本当に本心からやっているのか。忠邦とは対照的に日焼けした肌は脂ぎって、頭、身体、顔の各部位に至るまですべて大きい。顔には目の前の相手に追従する笑みを浮かべている。

幕府旗本、鳥居耀蔵(とりいようぞう)であった。耀蔵は今は目付だが、まもなく南町奉行に昇進することになっていた。

「耀蔵、そちはまことに恐ろしき男であるのう」

忠邦は、どこか優しげに見える微笑みを浮かべ言った。

耀蔵のほうは先ほどの笑みをさらに強くして答える。

「御老中水野様におかれましては、その明晰なる眼力、この耀蔵の及ぶべくもないことは重々承知しております。それゆえ、この耀蔵のことを〝恐ろしき〟と言われましても、我が空虚なる頭ではまったく見当が付きませぬ。いったい水野様はこの耀蔵のどこをして〝恐ろしき〟なるお言葉を用いられたのか」

言葉だけを見れば、追従にしか思えないが、その発せられた声を聞けば、それはまさに真逆のものであることがわかる。鳥居耀蔵という男、目の前の幕府最高権力者に対して、試していると言われても言い逃れができぬほどの強い口調で話していた。

忠邦が微笑みを強くする。

「なるほど。余がそちの上に立つ者としてふさわしいか知りたいということか」

「滅相もございませぬ」

「よい。そのくらいの男でなければ、この改革を余とともに進めていくことはできぬ。恐ろしきと言ったは、そちの、狙った相手の弱きところを見透かす力のことよ」

「なんとおっしゃられます」

「南町奉行の任につくにあたり、前任者の矢部定謙の痛いところをすべて調べあげてきおったな。かの大塩平八郎の乱の前とはいえ、大坂町奉行時代のことを挙げられれば埃どころか切り屑まで落ちてくる始末」

「とんでもないとんでもない」

「しかも、矢部を引き立てたのがこの水野と知って、わざわざ余のもとに提出してくるとは。度胸に加え、己が売り込みのなんとうまいことよ」

「まことにもって、すべては水野様の見立て違いにございまする。この耀蔵のような痴れ者は、ただただ勤めを厚くするのみにおいてようやくにも他者と並べる次第。矢部様の件も、偶然我がもとに集まってきただけのことでござりまする」

耀蔵は一段と深く頭を下げた。

忠邦の言葉を借りれば、なんとも〝恐ろしき〟茶番であった。両者ともに頭が切れすぎる。すべてをわかった上で、この茶番を続けている。特に白々しさにおいて耀蔵の胆力は凄まじいものがあった。相手に屈したからではなく、相手をも飲み込むために、今ここで言えと言われたら、すぐにでも烏は白いと言い切るであろう。

耀蔵は信頼を勝ち取るのではなく、その実力を見せつけ、さらには畏れすら植え付けようという仕掛けであった。

そして忠邦は、すべてを理解した上で、この劇薬を使おうとしていた。

忠邦の凄み(すご)は、たとえ自らの藩地が半減しようとも、権力のために転封(てんぽう)を申し出た決断力であり、それがここでも発揮されようとしていた。

忠邦は自らの引き立てた矢部という人物を見殺しにしても、耀蔵にかけることを決めたのだ。己の改革のため、どのような手段を使ってでも、障害物を消し去る能力に期待してのことである。

「耀蔵、この国をどう見る?」

唐突に忠邦は訊いた。

「なにも」

「なにもとは」

「我が見方はすべて水野様のおっしゃられるが通りに」

「ぬかせ」

忠邦は笑った。

「そちと腹を割ろうというわけではない。ただ一つ、心に留めてほしいのは、今のままではこの国は滅びるということだ」

「ははっ」

「徳川の世となり、すでに二百を超える年月が過ぎた。幾度かの改革を経て、しかるにこの国はなにも変わっておらぬ。このような小さな国の中に、さらに小さな国がひしめきあっておる。その便の悪さはどうだ。もっと通りがよく、すべての達しが末まで矢のごときの速さで届くようにせねばならぬ」

「恐ろしや、恐ろしや」

　耀蔵は心ない口調でつぶやいた。

　それをまた忠邦が笑う。

「小さき中の小さき国は潰さねばならぬ。どんな細かいところも、やがては島津、前田をも」

「それですと水野様ご自身も潰されるということですな」

「そうだ。しかし、余はさらに大きなものを手に入れる。一つとなった国は余の命で動くようになろう。余とともにその高みに昇るは、耀蔵、そちぞ」

「ありがたき幸せ」

「焦らず行くぞ」

　忠邦は耀蔵を見た。

　耀蔵はなんの畏れもなく、その視線をしっかりと受け止めた。

「耀蔵よ、唐北藩牧野家を知っておるか」

「おお、それはかつて水野様のおそばにあった」

「そうじゃ。余が唐津の藩主であるころ、隣藩として陰に陽によくしてくれた。今でもそのことは感謝しておる」

「その唐北藩を水野様はいかがしたい御所存か」

「耀蔵、唐北藩を潰せ」

耀蔵は驚かなかった。ただ口だけは驚いた言葉を紡いでいた。

「なんと、なんと」

「最も恩ある藩を潰し、余の心の退路を塞ごうと思う。背水の陣を敷き、ただただ高みを目指し、進むのみ」

「なんとも常人の真似できぬ御決意かな。この耀蔵ただただ感嘆するのみ」

「小さくとも先例を作るのだ。藩は容易く潰れるという先例をな」

「ははっ」

ふたたび耀蔵が深々と頭を下げた。

忠邦は立ち上がる。

部屋を出て行きかけ、つぶやくように言った。

「妥協は大奥だけにしたいのう」

忠邦の姿が部屋から消えると、ようやく耀蔵の顔から笑みが消えた。

「さて……理想ではあるが」

ふたたび笑みが浮かぶ。

「うまくいくかな」

そこにあったのは、もはや遠慮のない悪しき笑みであった。


忠邦と耀蔵がいた御用部屋の床下は、細き木材を組み合わせ人が入り込めないようにできていた。盗聴を防ぐためである。

ところが、実は、そこに細い人間ならば一人がやっと通れるような溝が作られていた。作らせたのは十一代将軍であった家斉である。家斉は大御所になった後も、こうしたさまざまな秘密の場所を作り、老中ら幕閣の考えをいち早く知っていたという。

そして今もそこを利用する者がいた。

まるで仮死状態になったかのように動かぬ忍びがそこにいた。忍びは女であった。

七

翌日も、その翌日も覚之助は金策のために走り回っていた。

商家には断り続けられ、遠い親戚の武家を頼っても、門前払いを喰らった。

それでも覚之助はあきらめようとはしなかった。

一見、覚之助の行動は、彼の古き武士道に対して矛盾しているかのように思われる。

金のため、商家に通い、頼み込むというのはよいのか。それに対して覚之助は明確だった。金を貸すという商売人に、質草という形できちんとした対価を提示して借りようとしている。丁寧な言葉を遣われた上で、対等な取り引きをするということで、それは許せるものであった。

しかし、行く場所はどんどん少なくなっていく。

覚之助の顔に焦りが浮かんでいた。


その男はずっと覚之助の跡をつけていた。

覚之助はまったく気づいていない。

しなやかな獣のような動きをした、鋭い目つきの男だった。

「明日は本所のほうにもう一度行ってみるか」

江戸の大半はすでに回った。

口では希望を繋いでいるようなことを言っているが、気持ちの中ではかなりの諦観が膨れ上がりつつある。

（父上……母上……お許しください）

両親への済まない気持ちもそうだが、それ以上に自分の力のなさが許せなかった。

（なにもできないのか、わしは……）

覚之助の脳裏に、一丸の言葉が浮かぶ。

——やりたいこともやれぬのが武士。

（まったくそのとおりだ……）

くやしさの中でそう思った。

（じゃが、わしは他のことなどなにもできん！　わしができること……それは……）

明るい希望などとうに失われている。

ようやく思いついたものは、まさに最後の一つと思えるものだった。

（武士として死ぬこと）

そのときだ。

「お侍様、失礼ですが、仕事を探していらっしゃるのでは？」

いつの間にか道端にぼうっと立ち尽くしていたらしい。

声をかけてきた男を見た。

なんとも目つきの鋭い男だった。

「わしは浪人ではない！」

覚之助はムッとして言った。

男は怯んだ様子もなく、言葉を続ける。

「これは間違えました。もっと単刀直入に言うべきでしたな。もし、お金に困っていらっしゃるのであれば話を聞いていただけないかと」

「！」

覚之助は押し黙った。

その様子を見て、男はたたみ込むように言った。

「あっしは神田の呉服屋『加賀屋』の手代をやってるんですが、実は明日の夜の用心棒を探しているんでさあ」

「用心棒だと?」

「このところ、火付けの盗賊が多くて、実は何人かを雇っているんですが、皆の都合が悪く、明日の夜だけ空いてしまったんでさ」

「用心棒……」

「なに、仕事は至って簡単でさあ。店の前を一晩見張っててくれればそれでいいので」

「それだけでよいのか。万が一盗賊どもが出た場合は?」

「そのときは拍子木を打ち鳴らしてくだされば結構。すぐに番所に伝わるようになっておりやす」

「う……」

「いかがですか」

覚之助は迷っていた。用心棒というものが、果たして武士がやることなのか、と。

だが、最後にその背中を押す言葉が男から出る。

「給金は二両払いましょう」

「二両!?」

このとき、覚之助はその金額の大きさを疑うべきであった。そんなうまい話はないと前の覚之助ならすぐにわかったはずだ。けれど、金策の尽きた覚之助の精神状態は彼の判断能力を鈍らせていた。

覚之助は請け負うことを決めた。

手筈は簡単だった。

店に挨拶することなく、夜に行って、朝、終わってから店に行けばよい。その場で二両支払うということだった。

「では、明日の夜」

覚之助は安堵した様子でその場を立ち去った。

その後ろ姿を見ながら男は言った。

「馬鹿な侍だぜ」

男は周囲に人がいないことを確認したはずだった。

しかし、少し離れたところに尼僧がいるのを見落としていた。深々と、顔が見えないくらいの尼頭巾をかぶった尼僧を。

けれどこれは、男を責めるよりも尼僧を誉めるべきだった。

尼僧は、普通の人間ならまずわからないように気配を消していたのだ。

覚之助と別れた男が向かったのは、神田のそばにある番所であった。

中に入ると、与力の下地八尾がいる。

「首尾は？」

八尾の言葉に男がうなずいた。

「さすがは縫い目兄弟の弟、拾助。うまいことやったようだな」

「あまりにも簡単すぎて気が抜けますさあ」

「鳥居様もお喜びであろう」

「あっしらの罪のほうは？」

「鳥居様はまもなく南町の御奉行となられる。そうすればうまく消し去ってやる」

「へへっ、よい取り引きでさあ」

「ただし、なにかあったらまた鳥居様のために働いてもらうぞ」

「承知」

八尾が番所の入口を開け、通りを見た。

大きな店が見える。『加賀屋』だ。

「加賀屋さんには恨みはないが、これもわしの出世のため」

八尾が振り向いて言った。

「もう一度明日の段取りを確認しておくぞ」

「承知」

「おぬしらが加賀屋に忍び込んだ後、加賀屋には火が付けられる」

「そのとおりでさ」

「その火を見て、我らは出立。そのまま目の前で、あの唐北藩の藩士、久元覚之助を取り押さえる。御家人を町奉行所が取り押さえるのは不可能なれど、藩士ならば陪臣、町奉行所のお役目だ」

「あっしらはその間にもらうものもらって逃げ出します」

「あとは鳥居様、水野様にお任せするとしよう。藩士の罪を広く伝え、管理不行き届きで唐北藩は改易となる」

「あっしらの働きで一つの大名が取り潰されるというのは、なかなか痛快ですな」

「これが先例となればこれからも増える」

二人は下卑た笑いを浮かべ合った。


が、またしても彼らは気づいていなかった。

あの尼僧が番所の横でじっと耳をそばだてていたことを。

幾度となく修羅場をくぐり抜けた拾助に、二度も気づかせないというのは、並大抵の腕ではなかった。

「ところで下地様、兄貴を殺したヤツの正体はわかりやしたか？」

拾助の言う兄貴というのは、先日大川で死体で見つかった縫い目兄弟の兄、棄助(きすけ)であった。

「それが、奉行所内では棄助の死はあくまで川に落下して溺(おぼ)れたという方向になっている」

「………！」

「傷などなにもなかったし、念のため調べたが特に毒を飲まされたような痕もなかったとのことだ」

「下地様……」

拾助は、八尾が思わず声を上げそうなほどの怖い目をしていた。

「兄貴に限って、自分から川に落ちて死ぬなどあり得ません！　絶対にだれかに殺されたんだ！」

「しかし……」

「奉行所は頼りにならねえ！」

拾助が吐き捨てる。

八尾は拾助の機嫌をとるかのように、慌てて言った。

「そういえば、奉行所でも疑問を持った者がいた」

「そいつは?」

「松金殿だ」

「松金十志浪!」

拾助の表情が変わる。警戒すべき最たる与力として、松金十志浪の名は裏社会でも響き渡っていた。

「なるほど……十志浪の野郎が疑うんなら、こいつはやっぱり……」

「松金殿は着物に付いた色が気になると言っておられてな」

「色!?」

「うむ。ただ、それがどう殺しと結びついているのかがわからず、結局偶然付いたというところで落ち着いたのだ。松金殿は納得しておらぬがな」

「色……色……」

もう拾助は八尾の言うことを聞いていなかった。

八

薬研は主に薬を作るときに用いられる、大きめの擂り器である。回転する擂り刃と、深く角度のついた陶器によって、薬草などを擂り潰すことができる。

その薬研を使い、一丸は庵で鉱物を擂っていた。

日本画の絵の具は、主に岩絵の具といって擂り潰した鉱物を膠で溶き使用する。

一丸もそれを作っている、と思われた。

だが、それにしては一丸の顔は緊張に固まったものだった。いつもとは違い、障子を閉め切り、薬研のまわりにもいっさい物を置いていない。原料と思われる鉱物の他に数種類の植物の欠片を混ぜて擂っていく。岩絵の具にそうしたことがないわけではないが、それにしても奇妙に思われた。

さらにいつもの一丸とは違うことが起こる。

それは障子の向こうから話し声が聞こえてきたときだ。

「！」

一丸は慎重に薬研の中身を片付けると、障子をいきなり開け放って怒鳴った。

「入ってくるなと言ったろ！」

庭にぞろぞろやってきていた童たちは、驚いたように固まった。

「木戸に入ってくるのを禁ずる札を出しておいたはずだ！　俺が絵の具を溶いてるときは入ってくるなとあれほど言ったろ！」

童たちは言葉を発しない。いつもと違う一丸の剣幕に完全に度肝を抜かれていた。

「すぐに出てけ！」

その一丸の言葉とともに、童たちはいっせいに走り去った。子供は本当に怖いときは声も出なくなる。

遠くから泣き声や騒ぐ声が聞こえだして、一丸は安堵したように障子を閉めた。かわいそうだが、童たちのためであった。

が、すぐに気づく。

「おまえも入ってくるな」

いつの間にか、あの町で見た尼僧が部屋の中に座っていた。尼頭巾がゆったりと大きく顔を覆い口許しか見えなくなっているのも変わりない。

「出てけ」

「そんなこと言わないでよ」

尼とは思えないぞんざいな口調が返ってきた。

尼僧が自分で尼頭巾をとる。

そこに現れたのは、一丸がよく知っている人物だった。おそらく、江戸城奥の人間が見たら驚愕するであろう。

切れ長の目に整った顔立ち。絶世の美女の顔がそこにあった。

「雅爾、何しに来た!?」

広大院お気に入りの侍女が、微笑み座っていた。

「一丸に会いに」

「奥女中がそんな私用で抜け出せるか」

「あら、あたしはいつでも抜け出すよ。一丸に会えるなら」

「いいから用件を言え」

「もう、いけず」

「いいから!」

今の雅爾は、西ノ丸で見せた態度とはまったく違っていた。清純さは影を潜め、言ってしまえば「がらっぱち」――粗野にすら見える。

「上総に聞いたが、おまえのことを覗き見する男も多いそうじゃねえか。そいつらが泣くぞ、今のおまえを見たら」

「だってこっちが本性だもの。あっちで猫かぶっていると疲れるのよね」

「つたく」

「だいたい御庭番であるあたしが、あんなふうにしゃなりしゃなりとやっているほうがおかしいと思わない？」

そうなのであった。雅禰は広大院に仕える忍びであった。

御庭番とは、八代将軍徳川吉宗が創り出した忍びである。

吉宗が紀州徳川家から将軍になるとき、吉野熊野の修験者たちの流れを汲む荒忍びを江戸城に連れてきたのが始まりである。というのも、戦国の世から徳川家のもとで活躍していた伊賀の忍びは、江戸城に入り伊賀同心として城の警護に当たったが、泰平の世にあって、いつしか透波乱波の術も忘れ、諜報や暗殺などの裏の仕事に適さなくなっていた。

八代将軍の座を巡っては、御三家、幕閣を巻き込んだ、凄まじいまでの暗闘が繰り広げられ、戦国以来の忍びの活躍の場となったのである。このとき、吉宗を将軍にのし上げた忍びたちが御庭番となった。

またこの御庭番は、さらに表番と裏番に分けられ、表番もやがては普通の侍と化していったが、裏番はあくまで秘密の存在として残り、それを未だに手元に置き、使いこなしているのが広大院なのであった。

「で、今度はなんだ？」

「また老中がね、大名の取り潰しを狙っているらしいのよ。それを阻止するために一丸に〝絵付け〟をしろって」

「簡単に言ってくれるな」

「事情を話すと……」

雅禰は自分が見聞きしたこと――忠邦と耀蔵の御用部屋での話、覚之助と拾助の話、番所での拾助と八尾の話――そのすべてを伝えた。

「久元覚之助だと！　あいつ、巻き込まれちまってるのか」

「知ってるの、一丸？」

「ああ、少しな」

金策に必死の覚之助の顔が浮かぶ。

「なんとかしてやらねえとな」

一丸は雅爾に考えついた方策を話して聞かせた。

「広大院様にお願いして『加賀屋』のほうはなんとかできると思う」

「頼む」

覚之助のこととは別に、雅爾の話で一丸はもう一つ興味を持ったことがある。

老中、水野忠邦の考え方である。

彼はこの国を変えようとしていた。

「なあ雅爾、考えたことはないか。本当に広大院様が正しくて、水野忠邦が悪なのかということを」

「ないわ」

思う間もなくはっきりと言われ、さすがに一丸も押し黙る。

「だってあたしの主君は広大院様よ。広大院様の言いつけどおりにこれまでやってきて、これからも広大院様の言いつけどおりに動く。そう教えられてきたし、そのとおりやっていれば広大院様の考えていることが実現していく。それがあたしの喜びだし、主君と家来って、そういう関係じゃないの」

「そうだな……」

一丸は力なく答えた。

（この世では、俺のように疑問を持つことのほうが悪か。素直に従っている雅禰のほうが正しいのか。その意味では、すべての武士の生き方が……あの久元覚之助が言っていた生き方こそが正義か……）

ふたたび一丸は黙った。

（ただただ宿命のままに生きろと……）

一丸の顔を雅禰が心配そうに見つめている。

「ねえ、そんなに〝絵付け〟をやりたくないの？」

「気乗りしないだけだ」

「だったら、やる気がでるようにしてあげる」

いきなり雅禰がしなだれかかってきた。

「おい、よせ」

「やだ」

「そっちもやる気はねえよ」

「やる気になってよ。あたしは一丸の子種が欲しい」

「あのなー」

「一丸……」

雅禰は切なそうな顔を一丸に向ける。

着ているものの前をはだけさせ、乳房と女陰をあらわにした。

「一丸、見て」

「やめろって」

「いや。一丸にその気になってもらいたいから」

「〝絵付け〟か？　それともおまえとのまぐわいか？」

「どっちも」

「片方は断る」

「いいから！　出すもの出して、あたしのここに入れて！」

「川縁の夜鷹でもそこまではしたなくないぞ」

「うれしい」

「うれしいのかよ」

「一丸になにを言われてもうれしい。だって、そのときはあたしのことが頭の中にあるってことだもの。あたしのことを考えてくれているってことだもの」

雅禰の瞳が濡れている。

そこに一丸のみを映し、そのまま身体にしがみついた。

「放せって」

「早くあたしの中に！」

「わかった、〝絵付け〟をきちんとやる！　だから終わりだ」

「そんなのどうでもいいから！」

「おい、雅禰！」

「一丸ぅ！」

　形の上では雅禰が一丸を組み敷こうとしている。

　一丸は本気でやる気がなかった。雅禰のことが好きとか嫌いとかその前に、まったく気分が乗らなかった。

（仕方ねえ……）

　力ずくで雅禰を引きはがす――そう決意したときだった。

「丸さん、おとっつぁんが魚仕入れ過ぎたから一尾持ってけって」

　障子の向こうで声が響く。

　小茶だ。

「入るね、丸さん」

「あ、ちょっと待て」

慌てたが、もう遅い。そもそも木戸を入ってきた小茶に気づかなかったのが失敗だった。いつもなら、絶対にそんなことはないのだが、さすがに雅爾とのやりとりで失念していた。

障子を少し開けたところで、魚の入った桶を持ったまま、小茶が呆然と立ち尽くす。

「丸さ……ええっ!?」

小茶の目に飛び込んできたのは、床の上で半裸の女性と組み合う一丸の姿だ。これを小茶はどう理解したのか。

悲鳴を上げるか、呆然とその場を立ち去るか、そう思われた小茶だが、そのどちらの行動もとらなかった。

小茶は怒ったように叫んでいた。

「姉さん！」

小茶の声は雅爾に向けられていた。しかし、「姉」とはいったい――

「なんだい、小茶かい」

一丸との間を邪魔され、雅爾も不機嫌そうに言った。

「なにしてるの、姉さん！」

「見りゃわかるだろ。好き合った男女の仲でやることとさ。餓鬼はさっさと帰んな！」

雅爾は小茶にきつく当たる。

だが、小茶も引かなかった。

「いいえ、姉さん、丸さんがいやがっているのぐらいあたしだってわかる！　どうせ姉さんが無理矢理迫ったんでしょ」

「遅かれ早かれ、あたしと一丸は結ばれるんだ！　今ちょっと強引にやったぐらい愛嬌ってもんさ」

「おい、雅爾、そんなわけが……」

「一丸は黙ってて！」

激しい剣幕で押し切られる。

少し前とは違い、一丸は自分の意志に反して沈黙せざるを得なかった。

「だったら言わせてもらうけど、丸さんと夫婦になるのはあたしです！　おとっつぁんもおっかさんも賛成してくれてます！」

「おい、小茶、そんなことは……」

「丸さんは黙ってて！」

こちらも邪魔はいっさい許されなかった。

激しい言い合いの続く姉妹喧嘩を、一丸はしばし見させられることになった。どちらもまったく引かず、似ている気の強さは、まさに血の繋がった姉妹のそれだった。

（思えばこいつらは、再会のときも感動もなにもなかったな……）

一丸は、ふたりが初めて会ったときのことを思い出していた。

九

雅爾と小茶は本当の姉妹である。

ふたりの本当の両親はいない。父親はある日姿を消し、母親も小茶の出産後、肥立ちが悪くて死んだ。

幼くして孤児になったふたりは、同じ境遇の子供がのたれ死ぬことも珍しくなかったこの時代、運良く尼寺に預けられることになった。

父母のいない寂しさはあったが、尼寺の生活は不自由のないものだった。

だが、ここでふたたび運命が動く。

ようやく小茶の物心がつき、雅爾のことをはっきり認識できるようになったとき、突然別れがやってきた。

幼い頃から美貌を誇った雅爾を、ある武士が養女にしたいと引き取りにきたのだ。

このとき雅禰は知らなかったが、この武士は公儀御庭番、倉知（くらち）家の当主、倉知与左衛門（よざえもん）であった。美貌は忍びにとって武器であった。

　雅禰と小茶は泣きながら別れた。

　ふたりはそのまま十二年会うことがなかった。


　小茶のほうは、その後、子供のいなかった煮売酒屋『酒菜』の主、善兵衛夫婦に引き取られた。夫婦は小茶を本当の娘のようにかわいがり、小茶もまた実の両親以上に慕って大きくなった。

　やがて十五になり、小茶は店を手伝うことになった。

　そのとき出逢ったのが一丸である。

　小茶のほうが一丸に一目で惚（ほ）れてしまう。

　その晩、小茶はさっそく両親に言ったのだった。

「あたし、一丸さんのお嫁になりたい」

　驚き慌てる両親だったが、すぐに一丸を訪ねていったのも、この仲の良い一家だからこそと言えようか。

　もちろん一丸は丁重に断ったが、ここから小茶の片想いが始まった。

雅爾は与左衛門の仕込みもあり、腕利きの御庭番に育っていた。しかし、そちらに力を入れすぎたか。美貌はあるが、男勝りのがさつでがらっぱちな女になってしまっていた。

慌てた与左衛門だったが、広大院に乞われ、渡りに船とばかりに雅爾を大奥に入れた。女子としての成長を期待してのものだった。

雅爾はここで御用絵師である一丸と出逢う。

一丸の裏の顔も知って、逆に雅爾は一丸に惚れた。生き様も含め、そのすべてが自分にないものだと思った。

これまた一丸は丁重にお断りした。女嫌いとまではいかなかったが、あまり興味のあるものではなかった。

しかし、この態度が逆に雅爾を燃えさせる。

どんな手を使ってでも、一丸の女房の座に納まろうとした。与左衛門は早々と匙を投げてしまった。血は繋がっていなかったが、その頑固さをよく知っていたのである。

雅爾は広大院に頼み込み、一丸との連絡係に納まった。

そして、少しでも隙を見ては、一丸に抱かれようとした。

もちろん一丸は逃げ回るのみであったが。

そんなある日、一丸が『酒菜』にいることを知り、伝令と称して、雅爾は追いかけていった。酒を呑ませて、床を共にしてしまおうという魂胆だった。

ここで雅爾と小茶のふたりは再会を果たすことになる。

会った瞬間、ふたりは姉妹であることを自然と認識していた。

しかし、感動の言葉はなかった。

雅爾が『酒菜』の暖簾をくぐったとき、小茶が遠慮気味にも一丸に言い寄っている姿を見てしまった。

小茶もまた、再会の日に見たのは一丸と関係を持とうとあれやこれや企てる雅爾の姿だった。

こうして、ふたりは、姉妹というよりも、恋敵として相手のことを強く心に刻んだのであった。

「今日こそ一丸に決めてもらうよ！」

「ええ！　でも、姉さん、あとで泣かないでよ！　丸さんは絶対にあたしを選びますから！」

「こんな乳臭い女選ぶわけない！　あたしだよ！」

「あたしです！」

「一丸！」

「丸さん！」

が、いつの間にか一丸の姿はない。

こうという流れにおいて、一丸がその場にいたことは一度もないのであった。

十

月のないこの夜、久元覚之助は『加賀屋』の前の道に立っていた。

言われたとおり、ただただ立ち尽くすのみである。あるのはわずかな星明かりのみで、視界は極めて悪いが、それでも不審なものはいないか、あたりを見回していた。

覚之助は、拾助が『加賀屋』の手代であると疑うこともなく、自分は警護のために立っていると固く信じていた。

その頃、裏の土蔵の中は緊迫した空気に包まれていた。

拾助を頭とする火付け盗賊の者たちは、押し入った土蔵の中で、彼らが来るのを待っていた一丸と対峙していた。

最初は一丸の存在に度肝を抜かれた盗人たちだったが、一丸が一人であることがわかると、精神的な優位さを持ち始めていた。

「絵師とやら、てめえ、ここでなにをしてやがる！」

拾助が、相手を怯えさせるような声色で怒鳴りつける。

しかし、本来は怯え、命乞いをしなければならない立場の一丸は、逆に余裕の態度をあらわにしていた。

「まあまあ慌てなさんなって。俺はある御方に言われて、着物の目利きをしてたところさ。そうしたら、この文吉っていう男がいきなり入ってきて、自分が盗賊だと言いやがる。たまげたね。まあ、それで適当にあしらったら、こうなったのさ」

一丸は笑った。

その態度が拾助には気に喰わなかった。

「てめえ、自分の立場をわきまえやがれ！　てめえはこれから死ぬんだぜ！」

「へえ、俺、死ぬんだ」

「今まで俺たちが殺してきた人間の数を知らねえな！　ざっと百は下らねえ！　女だろうが、子供だろうが、そうそう命乞いしてきた店主の目の前で餓鬼をぶち殺し、その後で脳天に鉈をぶち込んでやったこともあったかな」

「悪辣非道なこった」

一丸は吐き捨てるように言った。

「その一人におまえを加えてやろうって言うんだ。ありがたく思いな」

「はー、ありがたいねえ。ありがたくって反吐が出らあ」

拾助たちは匕首を一丸に向け、じりじりと近づいていく。一気にやらないのは一丸をいたぶっているつもりだった。

が、一丸はまったく動じない。

「そうそう。殺されちまう前に見せておきたいものがあったたな」

「はん、今さら命乞いなんて遅いぜ！」

「そうじゃねえよ。こいつを見な」

一丸が取り出したのは、小さな紙であった。

その紙には全体に色が塗ってある。

行灯と火鉢の光の中で、かろうじて色の区別がついた。

「なんだ、そりゃ？」

「この色は鼠色だよ。白鼠だ」

一丸は紙を振りかざして言った。

「おまえたちのように昼間は町人に混ざって白くなっていやがるが、闇に戻れば悪辣なる鼠だ！　そんなおまえたちにぴったりの色だろ！」

「それがどうした!?」

「拾助、てめえの兄貴が死んだとき、着物に色がついてたのに気づいたかい」

「兄貴……色……？」

拾助の脳裏に、八尾に言われたことが甦る。

「色……色！　てめえが兄貴を！」

「そう、俺がやった！」

「殺す！　絶対に殺す！」

拾助が、そして手下たちが一気に一丸に詰め寄っていく。

一丸の手に小さな陶器の入れ物があることを、すでに拾助たちは見ていなかった。

「闇に染まりし、天の色！」

一丸が叫んだ瞬間、土蔵の天窓が開いた。窓を開けたのは屋根に潜んでいた雅禰であった。

火鉢によって暖められた空気の中に、外の冷えた空気が一気に流れ込む。

風が生まれていた。

その風に乗せて、陶器の中から〝色〟が舞った。

「うごっ！」

「な！」

「う、動かねえ！」

拾助たちの身体は完全に麻痺し、まったく動かなくなった。

最後にようやく動いた口で、拾助が言った。

「てめ……まさ……か……毒師」

そのまま拾助の身体も固まる。

「絵付け、完遂」

一丸が陶器の口を閉めた。

「まだ殺さねえよ。おまえたちには、もう一働きしてもらうからよ」

一丸がゆっくりと土蔵の扉を開いていた。

十一

　このとき、神田にある番所に、松金十志浪が捕り方を連れて現れていた。

　驚いたのは八尾であった。

「松金殿、いったい？」

「今夜奉行所に投書があったのだ。それによると、縫い目兄弟の弟、拾助が神田の『加賀屋』を襲うと」

「まさか」

　八尾は別の意味で驚きを隠せなかった。いったい、その投書をしたのはだれかということだ。

「縫い目兄弟はつい先日兄貴を失っている。そのことも含め、これはなにかあると駆けつけた次第だ」

「それは思い違いかと……」

「下地殿が動かぬなら、我ら一手にて『加賀屋』に向かうが、いかに？」

　八尾は動かざるを得なかった。

とにかく、たとえ十志浪たちがいようとも、覚之助を盗賊の一味として捕まえるのが先決だった。


加賀屋に駆けつけると、あたりは恐ろしいほど静かだった。

火はどこにも出ていない。

(どういうことだ?)

八尾が焦ったようにあたりを見回す。

そこに八尾が求めていた人物の姿があった。

覚之助だ。

(あいつを捕まえねば!)

八尾は覚之助めがけて駆け出していた。八尾だけではなく、十志浪もその人物に気づいて、慌てて跡を追った。


覚之助のほうはなにもしていなかった。

ただじっと立っていただけである。

加賀屋のほうからもなにも聞こえない。

まさしくなにもない夜——のままのはずだった。

突如、奉行所の捕り方の声が響き渡る。

「御用だ！」

「御用だ！」

あっという間に覚之助は囲まれてしまう。

覚之助は呆然としてそちらを見た。

「これは……？」

八尾が焦った顔をして、一人飛び出してきた。

「大人しくお縄をちょうだいしろ！」

「なんの話だ？」

「黙れ、盗賊の一味であろう！」

「盗賊？」

わけがわからぬまま、覚之助は叫ぶ。

「待て、わしは盗賊ではない！　肥前唐北藩、牧野和泉守家中、久元覚之助じゃ！」

「盗賊だ！　盗賊だ！」

八尾が必死になって叫んだ。

「唐北藩の藩士が盗賊の一味だぞ！」

火事は起こらず、強盗が行われたかどうかもわからない。

その中でわめき散らす八尾の姿は、滑稽(こっけい)でさえあった。

反対に十志浪は落ち着いていた。

「下地殿、しばしお待ちを」

「松金殿、こやつは盗賊ですぞ！」

「相手は名乗られたのだ。武士として扱わねば士道にもとりますぞ」

「う……」

商家の出である下地は、この士道という言葉に弱い。

十志浪は覚之助に近づいて言った。

「夜半なにをしておられる」

覚之助は一瞬迷う。金に困って用心棒をやっていたなどと言ってよいのか、と。

「こやつはなにも言えませぬぞ！　やはり盗賊じゃ！」

八尾がこれ幸いとふたたびわめき出した。

そのときだ。

「久元様！」

御用提灯に照らされ、薄闇となったあたりに声が響く。

一丸の声だ。

現れた一丸は、縄で縛った男を引きずっていた。

八尾が一丸の顔を見て、あっと口を開き、そのまま黙り込む。

十志浪が一丸を見て言った。

「何者だ!?」

このときばかりは一丸は自分の立場を思いっきり利用した。

「広大院様御用絵師、一丸にございます」

「広大院様と!」

十志浪も捕り方たちも思わず姿勢を正す。

八尾も慌ててそれに続いた。

「加賀屋は広大院様御用問屋。私は広大院様に命じられ、新しい着物を見に参ったのでございます。そのとき、こちらの久元様が来られ、私にお伝えくださいました。この加賀屋が火付け盗賊、縫い目兄弟に狙われていると」

一丸は覚之助に目配せして、そっと口に指を当てた。

——なにも喋らないように。

覚之助は呆然としながらも必死にうなずいた。

「久元殿は、なぜ加賀屋が縫い目兄弟に狙われているとわかったのか？」

覚之助はなにかを言おうとしたが、それよりも早く一丸が言った。

「町で久元様を見かけた縫い目兄弟の拾助は、久元様が金に困っていると勘違いをし、加賀屋襲撃の見張り役として雇おうといたしました。久元様はそれを逆手にとり、敢えて仲間になったふりをして、前々から懇意にしておりました私に伝えてくださいました」

「ふむ」

十志浪は怪訝な顔をしながらもうなずいた。

八尾はなにも言えなくなっていた。

「お役人様、こちらを」

一丸が縄で縛り連れてきた男を示す。

顔を見て、十志浪がうめいた。

「まさしく、縫い目兄弟の拾助！」

拾助は身体を動かそうとするが、まったく動かない。まだ白鼠が効いているようだった。

「盗みに入っているところを騒ぎ立てたところ、残念ながら、手下どもは逃げてしまいましたが、この者は闇夜の中で石につまずいたのか、ひっくり返って動けなくなっておりました」

覚之助も拾助を見て、驚いた顔をする。このとき、ようやく自分がだまされていたことを知ったのだった。

「お役人様、この上は幾度でも奉行所に参ります。どうかこの者を引っ立ててください」

「うむ。拾助を引っ立てえい！」

動けない拾助を捕り方たちが数人で抱え上げる。

八尾は呆然とその光景を見つめていた。

一丸はさらに十志浪に向かって言う。

「お役人様、確かあの者は賞金首でございましたね。生きて連れて来られたら金を渡すと」

「うむ、まさしく」

「ならば今回は、こちらの久元様にお渡しください。私はただただ騒ぎ立て見ていただけなので」

「そういうことならば、久元殿、後日奉行所に参られよ」

「う、承った」

覚之助はうなずくしかなかった。

その覚之助の耳許で一丸がささやく。

「褒美の金は確か二両……これで薬代になりましょう」

「！」

覚之助は驚いた顔をして、そのままなにも言わなかった。

そのときだ。

またしても大声が響く。

「死んだ！」

「死んだぞ！」

拾助を運んでいた捕り方たちだった。

慌てて十志浪と八尾が走り出す。

拾助は事切れていた。

ふたたび騒ぎが大きくなる光景を、一丸と覚之助は並んで見つめていた。

十二

新たな三の日が来た。

道を並んで歩いているのは一丸と、尼姿の雅爾だ。

「連中はどうした？」

「火付け盗賊のやつら？　店前にいた三人も含めて、全員裏番のほうで始末したよ。土蔵の中にいた連中は痺れてて簡単だったよ」

恐ろしいことを雅爾はあっけらかんと言った。

「それにしても、あの『白鼠』って初めて見たよ。痺れ薬だったのかい？」

「痺れ薬でもあり、毒でもある。わずかなら痺れるだけだが、多量に使うと間を置いて心の臓が止まる」

「それで拾助は時が経って死んだってわけかい。けど、なんでそんな面倒なことをしたのさ？」

「生きてなきゃ金がもらえねえんだよ。あの侍に両親の薬代を渡してやりたかったんでな」

それを聞くと、いきなり雅爾が飛びついてくる。

「なんて優しいの、一丸！」

「おい、離れろ！　尼が男に飛びつくなんて見たことねえぞ！」

「もう！」

雅爾が切なそうな目で一丸を見る。

「ねえ、一丸、この後どっかにしけ込まない？　あんたの子種をたっぷり頂戴よ！」

「残念。忙しい。雅爾も早々に広大院様のところに戻れ戻れ」

「えー」

「ほれ、さっさと」

雅爾はすねたように言った。

「『酒菜』に寄ってくと、また小茶と喧嘩になるから、今日は帰ろ。次こそ絶対に子種だからね！」

「へいへい」

「絶対だよ！」

「はよ帰れ！」

一丸は雅爾と別れると、そのまま『酒菜』に向かった。

『酒菜』では小茶が上機嫌で待っていた。

「今日、久元様、いらっしゃいますね」

「おうよ。二両出たはずだから、この間の酒代がもらえるかもな」

「いつもの場所空けときましたよ」

一丸は席に着くと、酒を注文し、覚之助を待った。

今日は覚之助をなだめる日になるな、と一丸は思っていた。

うまくいったとはいえ、『加賀屋』の事件では覚之助はなにも知らされていない。もっと言ってしまえば、囮(おとり)になってもらったようなもんだ。これについては、本人は絶対に怒っていると一丸は思っていた。

(また、武士武士と持ち出してうるさいかもな)

さらに言ってしまえば、あの二両をちゃんと受け取るかどうかも心配だった。

(意固地になるとまったく受け付けないだろうからな)

そんな心配はあったが、ただ彼ともう一度酒を呑むのは楽しみなことだった。

(あいつと俺は根本では一緒ってことだよな。もしかしたら、ちゃんと話せばヤッとは友になれるかもしれない)

いろいろ思索をしているうちに、あっという間に酒が空いた。

「小茶っ子、酒をもう一本くれ！」

「その言い方やめて！」

　だが、二本、三本と空いても、覚之助は姿を見せなかった。

「どうしたんだろ？　久元様になにかあったのかしら？」

　さすがにおかしいと小茶も思い始めている。覚之助が時間に遅れることなど今まで一度もなかったからだ。

　外はもう暗い。

　一丸の表情も曇っている。

（まだ江戸にいるはずだが……）

　そのときだ。

「こちらは『酒菜』という店で間違いないか？」

　戸口を見やると、そこにはまだ少年といってよいほどの若い侍が立っていた。身なりはみすぼらしく、なんども洗いごわごわになった着物を着ている。月代は剃ってから時間が経っているらしく、不揃いに伸びていた。

「！」

いやな予感がして、一丸が立ち上がった。

「お武家様、ここは『酒菜』で間違いありませんよ」

「おう。迷ってしまって、ようやく着いた」

「だれかお探しですか？」

「一丸という絵師はおられるか？」

一丸の顔に緊張が走る。

いやな予感が伝わったらしく、小茶も奥から出てきた。

「私ですが……」

一丸が名乗ると、若い侍は、慌てて持っていた風呂敷包みを開いた。

入っていたのは――

「これは！」

「久元覚之助殿の小刀です」

若い侍がその小刀を一丸に渡す。

「私に……？」

彼は一丸に向かってゆっくりと言った。

「久元覚之助殿は切腹なされました」

一丸は呆然と立ち尽くした。

覚之助の件は藩内で大きな問題となっていた。

江戸を騒がす大悪党を捕まえたことは、藩としても誇らしい。

が、問題は一時的とはいえ、覚之助が盗賊の一味になってしまっていたことだった。

この際、その事実を覚之助が知っていたかどうかはあまり大きな問題ではなかった。

武士の面目としてはどうなのか。

藩論は二つに割れたが、意外なところで決着がついた。

藩が裁決を下す前に、覚之助が個人の意志で切腹したのである。

「久元殿は、これ以上御家に迷惑はかけられないと腹を切られました。立派な最期でありました」

小茶は泣いている。

一丸は唇を噛みしめたまま、なにも言わなかった。

「ただ最後にわしに言われたのです。一丸という絵師に金を借りていると。金はないので、代わりに小刀を渡してもらいたいと」

「…………」

一丸はもう一度小刀を見やった。

「こんなに立派なものでは、お釣りがたんと出ますよ」

一丸は静かに言った。

若い侍は首を振る。

「形見でもあるそうです。あと、伝えてくれと。わしにはよくわからないのですが、こういう生き方しかできなかった、と」

「そうだよな……」

一丸はつぶやいた。

「では、これにて」

若い侍が帰ろうとする。

「お待ちを。一つお聞かせ願いたいのですが、久元殿の父君、母君はどうなされましたか？」

侍の顔に辛（つら）そうな表情が浮かぶ。

一丸は悲痛な表情になり、言葉を待った。

「久元殿の父君も切腹。母君も自害なされました。不肖の息子の責めを負いたいとのことで……」
一丸は目を閉じた。
そのときだ。若い侍の腹がぐうと鳴った。
彼は、顔を赤らめ、いたたまれぬ様子を見せた。
一丸の思考は停止していたのかもしれなかった。
思わず、こう言ってしまった。
「お武家様、よかったら飯を食べていきませんか。金ならば私が……」
そこまで言いかけたときだった。
「施しは受けぬ！　わしは武士じゃ！」
そのまま店の外に飛び出していく。
一丸は追わなかった。
ただ、卓の上に置いた覚之助の小刀を見つめていた。
「………」
やがて、その小刀に献杯するかのように杯を掲げ、一気に呑み干した。
そして、語りかけるように言った。
「武士なんてのはな、所詮百姓や町人から搾り取ることで成り立っているんだよ。あんたは最初からずっと人から奢られていたんだ」
一丸はふたたび杯を干した。

ひとまる小咄

【お江戸のさんま】

　秋の好天に恵まれ、寒さと暖かさが混じり合った日の午後、まだまだお天道様も高いうちから、『酒菜』で酒を酌み交わすのは、芳若と初信でございます。

「やはりさんまは目黒に限る……おあとがよろしいようで、ってな！」

「なに落語の『目黒のさんま』のオチを言っているんですか。あなた、そんなにさんまが好きでしたっけ？」

「馬鹿野郎！　江戸っ子がさんまなんか食うかよ！　あんな脂っこい魚！」

「そうでしたね。江戸の人間は、昔はさんまをほとんど食べなかったですよね。ようやく文化文政、そして天保のあたりになって食べるようになりました」

「下魚だ、下魚！」

「これは、この身体のでかい男がさんま嫌いだから悪態をついているのではないのです。正徳三年（一七一三）に発刊された類書（いわゆる百科事典）『和漢三才図会』にも、魚中の下品、とありますから、江戸の人間の共通の認識だったわけですね」

「やっぱ江戸っ子の魚と言えば鰹よ！　それも戻り鰹（秋）よりも初鰹（春）だ！」

「これもまた脂の問題ですね。戻り鰹のほうが初鰹よりも脂がのっていますから。つまりは、江戸っ子の好みとしてはさっぱりと脂のないものが好まれたということです」

「鮪でも、赤身以外の脂っぽいところは『猫またぎ』、猫もまたいで食いやしねえってな」

「後の世にそちらのほうが高級になりそうな予感もしますが、それはさておき、さんまは食わずに油を搾って使ったという記録もありますからね」

「ま、さんまは房総の沖で腐るほどとれるから、見たことないわけじゃねえが」

「そこですよ。この時代はなんといっても、魚は腐るもの。少しでも日にちが経つともう腐って食べられない。だから、さんまも干したりしたものがよく売られていたんです」

「ともかくだ！　オイラは脂がのったものはまっぴら御免だぜ！　女だって、胸とか尻とかがでかくて脂ののってるのじゃなくて、もっと弱竹(なよたけ)か柳といったふうで、そういうわけで、やっぱりおちゃーちゃんが一番だな！　な、おちゃーちゃん！」

「芳若さん、最低！」

　店の奥から小茶(おちゃ)の怒りの声が響き渡った。

「おあとがよろしいようで」

芳若 よしわか
初信 はつのぶ

第二話

煤竹色

一

秋深まりしとき。

一丸(ひとまる)の庵(いおり)から眺める庭の景色にも変化が起きている。それを大きな変化と捉(とら)えるか、小さなそれと捉えるかは人それぞれであろう。日々生活の糧を得るにも苦労する者たちであれば気づかないかもしれないし、美というものにまったく関心を持たなければそもそも変化などないと断言するかもしれない。

が、今庵の濡(ぬ)れ縁(えん)に腰掛けている者たちは、その変化を明らかに感じとっていた。いや、感じとるというよりも堪能(たんのう)している。

「真っ赤っか」

そう言うと、芳若(よしわか)はその太い腕で杯をあおった。

対照的に初信(はつのぶ)はちびりちびりと杯を傾けている。視線は紅葉と、草木と、日々濃くなっていく地面の赤い落ち葉へと。

「まさに自然が作りだした一隻(せき)の屏風(びょうぶ)。私たち絵師にとっては最高の肴(さかな)かと」

「まったくだぜ。深まりし秋を深まりゆく赤が見事に表してやがる。絵は一瞬の風景を切り取るもの。だが、この自然の絵はどうでえ！　瞬きの間に次々と変化を繰り返して、まったく飽きさせせねえ。これにはさすがの芳若様も敵わねえ」

「あなたが敵わないものは星の数ほどあると思いますが」

「うるせえ！」

初信の毒舌に怒鳴りながら、芳若は庵の中を覗いた。

「おい、丸の字！　いいかげん、お天道様が作りだしたこっちのすげえ屛風を見ろ！そんな目ん玉しか描いてない屛風は放っといて！」

一丸は、二人が濡れ縁で酒を酌み交わし始めても、ずっと庵の中にいた。

あの「眼」しか描かれていない屛風を見つめたまま動かない。

そもそも、庵でのささやかな紅葉狩りをしようと誘ったのは一丸のほうなのだ。ところが芳若と初信が来てみれば、一丸は「眼」の前であぐらをかいたまま、まったく動かなかった。

「前から思っていたのですが、それはなんですか？」

初信が庵の中に入ってきて、一丸の横に座る。

「ん……」と言ったきり、一丸は答えない。

すると、呵々と笑って芳若が言った。

「なんだ、なんだ。初信ともあろうもんがよ！　おつむしか取り柄のないおめえが、わかんねえとは笑いが止まらねえぜ」

「いろいろ言いたいことはありますが、我慢するとしましょう。そう言われるなら、あなたはわかるというんですね」

「わかる！」

芳若が自信ありげに言った。

「『風神雷神図』よ！」

その言葉に、一丸の身体がぴくりと動いた。

「俵屋宗達（たわらやそうたつ）の『風神雷神図』ですか。なるほどなるほど」

改めて初信も屛風を見る。

「あの眼は風神と雷神の眼だったのですね」

俵屋宗達とは〝琳派（りんぱ）〟を代表する京都の絵師で、一丸たちの時代より二百年前の絵師である。

「丸の字はよ、宗達先生や光琳（こうりん）先生の弟子を自任してるわけよ。だからこそ、『風神雷神図』を模写してるって寸法よ。だろ？」

芳若の問いかけに、一丸はようやく反応した。

「半分当たりで半分はずれだ」

一丸は濡れ縁に移り、自分の杯を手にする。

「ん……」

酒を呑み干すと、ゆっくり話し始めた。

「確かに俺が描いているのは『風神雷神図』だ。その大本は京都建仁寺にある二曲一双の屏風で、俵屋宗達先生によって描かれた。その筆致、大胆にして力強く、優雅にして鬼気漂う、だそうだ」

「だそうだ?」

「正直なことを言うと、俺はその絵を見たことがない。宗達先生のその絵が有名になったのも、後年尾形光琳先生が模写したからだ。さらに江戸で広まったのは、その光琳先生の『風神雷神図』を酒井抱一先生が模写したからだ」

「酒井抱一!? あの殿様絵師!」

「俺の師匠だよ」

「ええっ、丸さんは酒井抱一と親交があったのですか」

「勝手に思ってるだけだけどな」

「ああ」

芳若と初信は納得したように杯をとった。

その横で一丸は思い出していた。抱一と出逢った幼き日のことを――

二

「若様はご気分がすぐれぬということで、本日の絵の手習いをやめになさるとのことでございます」

小一郎はその小さな身体を折り曲げ、床につくほど頭を深々と下げた。

目の前にどっしりと座っているのは僧形の老人だ。

名を酒井抱一という。歴とした名門譜代姫路藩、酒井雅楽頭家の人間で、嫡男ではなかったが、別の大名家の養子にも何度も取り沙汰されたほどの人間である。若くして茶の湯、俳諧や絵画の世界に才を示し、特に絵画において一派を成した。長じて出家し、自由闊達な画風を確立したという。

抱一は江戸城に招かれ、将軍家若君たちに絵の手ほどきをすることになっていた。

だが、将軍家斉の子たちはそれほど絵になびかず、遊び相手として奥にいた幼き一丸、当時の名、小一郎が抱一の前で頭を垂れていたのである。

「なるほど、若君たちは絵は興味ござらぬか」

「決してそのようなことはありません。お身体のせいでございまする」

小一郎が一所懸命になればなるほど、その嘘は簡単にばれた。

「よいよい。それより名は？」

「小一郎と申します」

「小一郎殿は若君と一緒に逃げなかったのか」

「若様は逃げたのではありません！　お身体が……」

「もうよいというのに」

大柄な老人は、笑い、ただでさえ皺だらけの顔をもっと皺だらけにした。

小一郎は遠慮深げに言った。

「私は絵を描くことが好きでございます」

「ほう」

「御庭の木を描くのも、石を描くのも楽しくて仕方ありません」

「よい心がけじゃ。まさに自然こそ絵の大師匠である。どれ、今まで描いた絵を見せてみよ」

小一郎は恥ずかしそうに顔を赤らめた。この日、絵のえらい先生が来るということで、小一郎は今まで描いた絵をそっと持ってきていたのである。抱一は小一郎が絵を隠し持っていることを見逃さなかった。

「これを」

小一郎は懐から絵を描いた和紙を取り出した。

抱一はそれを受け取り、黙って見る。

待つ時間は、とてつもなく長い時に思われた。抱一の顔から笑みが消えている。

「ふうむ」

ひとしきり絵を見終えて、抱一は小一郎を見た。

絵を見ているときに消えた笑みはふたたび浮かんでいる。

しかし、小一郎の絵についてはなにも言わない。

「他に訊きたいことはおありかな？」

「実は、大和絵のようにどこまでも細い線が引きたいのですが、うまく引けません。どうしたらよろしいでしょうか」

「ふうむ」

抱一はすぐに答えを返さなかった。

考え込むように、じっと小一郎の顔を見る。

「あの……」

困惑する小一郎に向かって、抱一は思わぬことを言った。

「小一郎殿はそのような習練をする必要はない」

「え？　それでは手本通りに描けません」

「そのように描く必要がないと言ったのじゃ」

小一郎は困惑するばかりである。

「絵を教えに来たわしが言うのもおかしな話じゃが」

抱一はあくまでやさしく言った。

「好きな絵を模写することは大切である。が、要はそこからじゃ。そこからどのように自分の絵を作り上げていくかじゃ」

小一郎は呆然と抱一の言葉を聞いていた。

「線など細くなくともよい。自在の線でよい。色など決められた色でなくともよい。今までにない思いもよらぬ色でよい」

抱一の言うことは小一郎はよく理解できなかった。このとき、十に満たない小一郎がわからないのも無理ないことだった。

しかし、その言葉は強烈な印象として残った。

抱一は続ける。

「京都建仁寺に雷の神様と風の神様を描いた『風神雷神図』という絵がある。屏風絵じゃ。描いたのは俵屋宗達という御仁でな。今からもう二百年も前の絵じゃ。その絵の風神と雷神は、よく見れば手足の付き方も指の付き方もおかしく、色に至っては、本来青で描かなければならない風神を緑に、赤で描かなければならない雷神を白で描いた。が、その絵を見たときにわき起こる強烈な感情はいったいなんじゃ。伝統に囚われない奔放さはどうだ」

抱一は興奮したように言う。

そのまま呵々と笑った。

「もっとも、その絵をわしは見ることができなかった。わしが見たのはその絵を模写した尾形光琳殿の『風神雷神図』じゃ。それも見事なものだったが、それだけではない。光琳殿はそのままそっくりに模写しなかったという。自分の思うたところは自分の思うとおりにする。宗達殿とは違う『風神雷神図』を作り出してしまわれたのじゃよ」

あいかわらず、すべての言葉は理解できなかったが、もはや小一郎も抱一の話に引き込まれている。黙ったままだが、視線は抱一を放さない。

「わしはその光琳殿の『風神雷神図』を見て、わしの風神様と雷神様を描いた。おそらく最初の宗達殿の絵からはかなり離れていよう。しかし、それでよい。同じ絵でなく、他のだれとも違った絵を思うがままに描く。わしはそう描いてきた。そして、小一郎殿、お手前の絵を見て、志を同じくする者と思ったのよ」

小一郎は口を開かない。いや、抱一に気圧(けお)されてなにも言えなかった。

「いつか小一郎殿も風神と雷神が描きたくなるだろう。そのとき、宗達殿や、光琳殿、それにわしと同じものを描くのでなく、思うがままの自分の風神と雷神を描くがよろしかろう」

その言葉が今日の小一郎こと一丸の絵を決めたと言ってよい。このあとも小一郎は抱一と会うが、抱一は結局一度も一丸に技法的なものを教えることはなかった。

三

一丸の庵ですっかり紅葉を堪能した三人だったが、眼福の後は満腹ということで、『酒菜(さかな)』にやってきていた。

「おちゃーちゃん、酒!」

「はーい」

徳利を持って、小茶(おちゃ)がやってくる。頼んだ芳若よりも先に、一丸の横に立って、杯につぎ始めた。

「おちゃーちゃん、そいつは露骨だぜ……」

「小茶さんも、もう少し人を見る目を養ったほうが……」

芳若と初信は文句を言うが、小茶は気にしない。

肝心の一丸はというと、ありがたがるような、困惑したような、微妙な笑みを浮かべていた。

「そうそう、丸さん、今日は椎茸(しいたけ)があるのよ」

「ほう」

その笑みがようやく本物になったのはその言葉を聞いたときだった。

「椎茸！」

「それは素晴らしい！」

芳若と初信も身を乗り出す。

椎茸は長く庶民にとっては高級で手の届かないものであったが、江戸時代に入ると栽培が始まり、天保(てんぽう)の世には特別なハレの日などに口にできるようになっていた。

一丸の喜んだ顔を見て、小茶はすぐに椎茸を運んできた。

焼いた椎茸に醬油がかかり、なんともたまらない匂いが立ちこめる。

「こいつはすげえ！」

芳若は一口で頰張ると、「あちち」と言いながら、満足そうに酒を呑んだ。

「うまいな」

一丸は堪能するように、ゆっくりと杯を傾ける。

「茸の殿様だな、こいつは」

「まったくだ」

「そういえば……」

初信が思い出したように言う。

「松茸って食べたことありますか？」

松茸と聞いて、芳若と横で聞いている小茶が不思議そうな顔をした。

「松茸？　ないぜ」

「聞いたことあるけど……見たことはないわ」

「私もないのですが、上方じゃえらく評判の茸とか」

「へえー、そいつは興味あるな。丸の字、おまえさんは、その茸、食ったことあるのかよ?」

「ある」

「お!」

「が、あまりうまい茸ではなかったな」

一丸は思い出しているかのように、頭を掻く。

「煤竹色の茸でな。笠が張ってて、首が椎茸よりもずっと太かった。上方じゃ丹波あたりでとれるそうで、たいそうな香りだそうだ。ただ、江戸に入ってくる頃にはその香りが抜けてしまっていたよ」

「関東じゃとれねえのかよ」

「上州は館林あたりでとれるそうだが、口に入るのは将軍様だけさ」

一丸の言葉に、聞いていた三人は少し期待を裏切られたような表情を見せた。

そのとき、一丸はもう三人のほうを見ていなかった。

先ほどから気になる視線を背後に感じていたのだ。

さりげなくそちらを見る。

一人の着流し姿の町人が、目を逸らすこともなく、じっと一丸を見ていた。顔には笑みすら浮かんでいる。髷を髪の毛一本乱れることなく結い、涼やかな顔は洒落者の雰囲気を醸し出している。歳は決して若くないだろうが、それを感じさせぬ命の強さが顔からあふれていた。

男は一丸と視線を合わせたまま立ち上がった。

「勘定」

「あ、それでは……」

小茶に言われた額を卓に置くと、そのまま外に出るのではなく、一丸のほうに近づいてくる。

一丸はどこかで会ったような気もしたが、思い出せない。

男は一丸の真横まで来ると、他の者には聞こえぬような声で言った。

「先の仕事、見事に〝絵〟ができていた……と言いたいところだが、少し乱雑だったな。もう少しきちんとした〝絵〟を描かないと、気づく人間は気づくぜ」

一丸の顔色が変わる。

男の言う〝絵〟の意味がわかったからだ。

だが、男はそれ以上言うことなく、一丸に笑みを残すと、店を出て行った。

「なんでえ、知り合いか?」

芳若に訊かれるが、一丸は首を振るしかない。

「初めてのお客さんよ」

小茶がすぐに言った。

「着物の端から見えたんだけど、すごい彫り物背負ってた」

「オイラよりもか！」

「うん」

「なんでえ、そりゃねーぜ、おちゃーちゃん！」

騒ぐ芳若を無視して、初信が言った。

「どこぞのゴロツキでしょうね。一丸さん、賭場にでも出入りしましたか？」

それには答えず、一丸は外に出た。

あたりを見回すが、男の姿は見つからない。

そのときだ。

「一丸」

かすかな声を聞き、一丸は緊張して振り返った。

立っていたのは深く頭巾をかぶった尼僧——雅禰だった。

「広大院様がお呼びよ」

緊張を解いたかのように大きく息を吐き、一丸はうなずいた。

四

江戸城西ノ丸大奥にて、柔和な笑みを浮かべた広大院の前に、一丸が座っている。

一応絵道具は広げているが、描くそぶりはまったく見せない。

その部屋には他に、広大院付きの御年寄筆頭、杉乃と、楚々とした奥女中姿に戻った雅禰がいる。

さらには、西ノ丸大奥申次、橋口上総介も末席に控えていた。

「小一郎、知っておるか」

広大院が言った。

一丸は平伏し言う。

「その小一郎はすでに捨てた名。やめていただければ幸いと存じます」

けれど広大院は取り合わない。

「上総のところに狩野紫位から盛んに文句が来るそうな。御用絵師として狩野派もお召し抱えをとな」

広大院は一丸がどのような反応を示すか、興味深げに言った。

公儀絵師として、町絵師の一丸を御用絵師とするのではなく、自分たちを御用絵師として欲しいということだ。

一丸は苦笑するしかない。

「どうする、小一郎？　狩野派と交代するか」

「すべては広大院様の思し召しのままに」

一丸は頭を下げた。

頭を下げたのは儀礼である。決して広大院に媚びたわけではない。本心から御用絵師としての身分に未練はなかった。狩野派が代わってくれるというのなら、それはそれでありがたいと本気で思っていた。

しかし、広大院は悪戯っぽい目で笑った。

「こやつ、わらわが自分を手放さぬと思って余裕じゃわ」

「そのようなことはございませぬ」

「わかっておる、わかっておる。この広大院がおぬしに絶大な信頼を寄せていることを感じておるのじゃろう。寵愛を受ける身として、天狗の鼻がますます高うなるというものじゃのう」

一丸は、広大院がおもしろがって言うのをただただ神妙な顔をして聞くしかない。

（めんどくさい婆さんだ……）

そして、そんな一丸の想いがわずかでも顔に表れるのを広大院は見逃さなかった。

「また思ったな、小一郎。めんどくさい婆と」

広大院はしてやったりと笑った。

「めっそうもございません」

こうなると一丸がどれだけ畳に頭をつけても変わらぬやりとりが始まる。

「一丸殿、まことであれば、なんという不忠であるか！」

杉乃が興奮したままに怒りの声をあげる。

広大院がからかいのために言ったことを、この老婆は、何年、いや何十年たっても真に受けた反応を示すのだ。それを抑えるまでが一連の、もはや恒例と言ってもいい行事だ。

（わざとわからぬふりで婆さんにのっているのか、それとも本当に馬鹿なのか）

溜息をつきたいが、そんなことをすれば杉乃の興奮に拍車がかかる。

一丸は広大院の脇に控える上総を盗み見た。

上総は微笑んだまま動かない。

（上総のヤツ、助け船は出さぬということか）

すると、後ろに控えていた雅禰が、ここぞとばかりに口を開いた。

「杉乃様、一丸殿は日々絵師として創作のため、それはそれは心労が重なっているご様子。そのような御身体と御心では、不埒な想いに至るのも、これ仕方ないことかと」

「そうであろうか」

「杉乃様、ここはこの雅禰にお任せを」

雅禰は広大院に向き直り、言った。

「広大院様、雅禰を一丸殿のもとにお遣わしください。雅禰が朝な夕なに一丸殿のお世話をし、心労なき身に変え、不埒なき心のもと、絵師としての任を全うさせとうございまする」

「しばらくしばらく」

一丸は慌てた。

雅禰の言い方は堅苦しいが、要するに自分を一丸の押しかけ女房にさせろと言っているのだ。こんなことで広大院にお墨付きをもらわれたら敵わない。

「雅禰殿、俺……いや、私は決して心労などに悩まされておりません。過分のご心配ありがたくはありますが、どうかお気になさらぬよう、お願いいたします」

「いえ、とんでもない。一丸殿は心労の上、さまざまな欲求が溜まっておるようにも見えまする。それもすべて、この雅彌が解消させてごらんに入れまする」

（なに言ってんだ、この女……）

一丸は疲れた顔でうつむいた。

先の将軍御台所（正室）を前に、御用絵師の下の世話をしたいと言っているのだ。身分の相違、大奥の風紀の乱れの恐れ、あらゆる意味から決して口にしてはいけないはずの言葉だった。

が、肝心の先の将軍御台所は声をたてて笑っている。

「可笑し可笑し。雅彌の純愛は見事なものじゃ。天下の美女にここまで言わせるとは、小一郎も感動のあまり、もはや声も出ぬと見える」

（なにが天下の美女だ！　もういい加減にしてくれ……）

さすがに頃合いと見たのか、上総が口を開いた。

「広大院様、あの件を」

「おお、そうであった、そうであった。雅彌、そちの殊勝な想い、しばしこの広大院に預からせてくれ」

（なにが殊勝な想いだ……）

「小一郎、新たに〝絵付け〟をしてもらわねばなりませぬぞ」

「………」

一丸の表情が変わる。

「上総」

「しからばそれがしから説明いたしまする。一丸殿は『松茸道中』をご存じでしょうか」

「『松茸道中』……それは館林藩の……？」

「いかにも。館林藩は代々上様に松茸を献上しておりました。松茸は関東では珍しいゆえ、上様もこれを殊の外お喜びになられ、松茸を江戸まで運ぶ『松茸道中』はもはや季節の風物詩とさえなった感がございました」

「なるほど」

「今の館林城主は老中井上正春（いのうえまさはる）様。しかし、この井上様より、本年の松茸献上を取りやめたいとの願いがございました」

「それはまた」

「飢饉（ききん）以来、木々の生育も芳しからず、松林においてもそれは変わらず、有り体に申せば、不作でとれなかったということでございますな」

「それはお気の毒に、というしかないですな。けれど、それがまたなにか？　松茸が献上できなかったことが御公儀において問題になっているとでも?」

「さにあらず。問題はその後でございます」

「その後?」

「館林からの『松茸道中』がなくなったことを聞きつけた旗本五千石、江理兵部様がならばと代わりの松茸献上を申し出たのでございます」

「江理様……? 確か実直なお人柄で知られた御方」

「そのとおりでございます。江理様の御領地は甲斐駿河の境にあり、山が深く、それゆえ松茸がとれるのでございます。江理様はただただ忠義の気持ちにおいて松茸献上を申し出たのでございますが……その松茸が届かぬのでございます」

「届かない……?」

「それがし、江理様とは昵懇の間柄なれば、江理様より相談を受けたのでございます。江理様はお悩みになり、次に松茸が届かぬときは切腹して果てる他ないと」

このとき、聞いていた広大院が口を開いた。

「たかが松茸されど松茸じゃな」

「松茸で腹を切らせると」

一丸は怪訝な顔で言った。

「ちと強引すぎるのではありませんか」

「松茸が問題ではない。届かぬものをあると言ってしまったことが、結句、不忠と判断されようとしておるのじゃよ」

「だれに？」

「老中首座、水野（みずの）忠邦（ただくに）にじゃ」

広大院の顔から笑みが消えていた。

五

「たかが五千石されど五千石」

鳥居（とりい）耀蔵（ようぞう）を前に、水野忠邦は言った。

場所は水野家の上屋敷である。庭の見える部屋に忠邦と耀蔵はいた。けれど、その庭のなんと味気のないことか。数本の低い木があり、あとは土に無造作に敷石が置いてあるだけだ。枯山水と言えなくもないが、それにしては枯れ過ぎている。庭に、そして美にまったく興味のない人間の成したことであろう。庭などに手を入れて金をかけ、なんの得がある、と。

「いや、やはり少のうございませぬか。五千石を没収するために大仕掛けが過ぎるのではないかと」

「甘いな。されどと申したではないか」

忠邦は、その白い肌に陽の照り返しを受け、言った。

「五千石はきっかけに過ぎぬ。これを大事中の大事に仕立て上げ、天領周辺の旗本の領地をすべて収公（しゅこう）する。小身の大名もこれに準ず」

「それは……!?」

耀蔵が驚いた様子を見せる。が、目は表情と同じものを表してはいなかったが。

「なまじっか御府内に近い場所だからこそ身の丈に合わぬ忠を申し出る。そこを突くのだ」

「身の丈に合わぬ忠と。御老中は武士の忠を軽んじておられるのですかな」

「さにあらず。忠は大切なものじゃ。しかるに軽々しい忠は、良き忠にあらず。悪しき忠にて、国を滅ぼす」

「悪しき忠と」

「さよう。茸とはいえ、それが簡単に代わりに献上できるという事実は、将軍家の威信を軽んじておることにならぬか。将軍とはそのように簡単に臣下によって動くものではない。絶対なものとせねばならぬ」

「おお」

「かつて東照大権現様の御代においては、戦国の荒き気風が残っているにもかかわらず、諸大名はもちろんのこと、武士や農民に至るまで、国中ことごとく将軍の威光に恐れおののいておった。将軍の威信を傷つけ、取り潰された家のなんと多かったことか。あの時代の力があらば、改革は簡単に成せる」

　忠邦は額に皺を寄せ、中空の一点をにらみつけていた。そこには決意がある。

「必ずやあの時代の力を取り戻さん！」

　力強く言う忠邦に、耀蔵は恐れ入ったかのように頭を下げている。

　しかし、この男の頭は冷めていた。

（なるほど、改革を進めるための大きな力か……）

　冷めた気持ちは目の奥にも出てきてしまっている。が、用心深く、決してそれを表に出さないために、耀蔵は顔を上げなかった。

（今までのことを変えるために旧に復す――水野様はご自分が言ったことが盾と矛であることに気づいておられるのかな）

　声に出せば、揶揄するような口調になるだろう。

（水野様は頭の良い御方だ。しかし、それと同時に理想を信じておられるところがある。理想を見せれば、他者もまた自分と同じように行動すると。が、それはどうか。人はずっと保守的だ。まずこの俺がそうだ。蘭学の優れたところはわかっているが、それは絶対に認められない。儒者の家に生まれた者として、どうしても譲れないところがあるからだ）

耀蔵は旗本鳥居家の養子であり、元は幕府において儒学を束ねる林大学頭（はやしだいがくのかみ）家の出であった。

（まあ、水野様の理想が成るかどうかは後のこと。とにもかくにも、今はこの御方が老中首座であり、十二代様の絶大な信頼も得ている。俺はこの水野様に食い込まねばならぬ）

下を向いたまま、耀蔵は微笑んだ。

（もっとも、旧に復せば、俺のような俗物はもうそれでよいと感じてしまうであろうな。そして、水野様はもう一つわかっておられるかな。俺たち俗物が圧倒的多数であるということを）

「耀蔵よ、目通ししたき者これにあり」

「はは」

忠邦にうながされ、耀蔵はようやく顔を上げた。このときには殊勝な顔つきに戻っている。

忠邦は庭を見ている。

耀蔵もそちらを見た。

「！」

耀蔵の目に、庭の隅に動く大きな影が飛び込んでくる。

（忍び……？）

影は移動し、縁側の前に片膝ついて控えたときには、きっちりと人間の形を取っていた。

「苦しゅうない、面を上げよ」

厳しく険しい表情で、男は言った。

「伊賀百人組一番手頭、山野玄馬でございます。以後お見知りおきを」

「伊賀百人組……伊賀同心か」

伊賀同心は、かつて戦国の世においては忍びの者として謀略諜報に従事し、江戸開府とともに御家人として召し抱えられ、大手門の警備を任された。ただし、時代とともに忍びとしての技術技量は失われ、今やただの門番という認識が幕臣の間では一般的であった。

「さにあらず」

そうした話を山野玄馬は一言のもとに否定した。

「その言は後より入りし紀州の御庭番どもが広めたこと。我らは先祖伝来の技を遺漏なきよう心を配り、大切に守って参った」

「すると、今も忍びとして役に立つというか」

耀蔵の言葉に玄馬は大きくうなずいた。

「すでに幾年、我らをお使いいただきたいと言上し続けたが、水野様に拾っていただくまでは、我らは捨て置かれた。今はただただ水野様の御恩に報いるのみ」

忠邦は静かに言った。

「先の『松茸道中』が江戸城に達しなかったのは、すべてこの玄馬の差配によるものである」

「おお」

「玄馬をはじめとする伊賀百人組一番手は我が手足となる。彼らは陰から我が改革を支える。耀蔵、そちは南町奉行として表より我が改革を支えよ」

「ははっ」

忠邦は玄馬を見て言った。

「では、改めて申しつける。伊賀百人組一番手は新たな『松茸道中』を阻止せよ。次に届かねば、もはや江理家は取りつぶされるが必定。それを端緒として、天領の拡大を進めていく」

玄馬は地べたに額を付けるように頭を下げた。

それを横目で見ながら、耀蔵は思っていた。

(忍びなど、まともな武士からは蔑(さげす)まれる存在。旧(ふる)き者どもはなぜそんな地位に戻りたいのか)

自嘲(じちょう)するように笑う。

(旧に復するを喜ぶ、この俺ですらわからぬことよ)

六

広大院から一丸に言い渡されたのは、江理家による『松茸道中』の陰からの警護であった。そして、邪魔をする者たちは〝絵付け〟によって排除せよと言う。

「一つだけお訊きしてよろしゅうございますか」

なぜ水野忠邦に反対するのか、と。

広大院は笑って言った。

「小一郎、そなたは、水野が改革の名の下に大奥の歳費に手を付けようとしたことを怒っていると思うたかのう」

「そのようなことは決して……」

「本丸奥の姉小路あたりはそのことを本気で怒っておるようじゃが、小さい小さい」

姉小路とは現将軍家慶に仕える奥女中で、最高位の上臈御年寄の地位にあり、絶大な権勢を誇った。この時期、特に広大院と対立していることはなく、しかして良好と言える関係でもなかった。後にある事件をきっかけに広大院と対立するようになるのだが、それはまた別の話である。

広大院は話を続ける。

「水野は優秀な男よ。理想を持ち、目的のためには妥協もするし、頭も下げる。現実の政を任せるに足る男じゃ。しかし、その理想が危険なのじゃ」

いつしか、広大院の顔から笑みが消えている。

「あやつは大権現様の時代の将軍こそが理想だという。家康公も、秀忠公も、家光公も将軍として絶対的な権力を持ち、数多くの大名を葬った。それゆえ、武士も町人も農民も、大名までもが萎縮し、だれもが目立つことを恐れ、やることが決まった灰色の天下になろうとしていた」

広大院は大胆なことを言っている。聞きようによっては、幕府において絶対に批判することが許されない東照大権現をも揶揄しているかのようであった。

杉乃は焦った顔をするが、広大院は気にも留めない。

「ようやく世間に活気が出てきたのは五代様の御代、元禄の頃であった。この頃には将軍の絶対性が薄れてのう。それを敏感に感じとったのは庶民じゃな。さまざまな新しきことが生まれ、それが天下を賑わせた」

「広大院様、先ほどから聞いておりますと、畏れ多きことなれど、将軍家の力が弱まったほうが世間が栄えるようなことをおっしゃっておられますが」

「そう申しておる」

小柄な権力者はあっさりそれを認めた。

「広大院様！」

我慢できず、杉乃が悲鳴に近い声をあげる。

やれやれといった顔で広大院は言った。

「多少上が緩いほうが世間も余裕が出るということじゃよ。わらわも徳川家の人間。

徳川の天下は否定しておらぬわ。けれど、あまりに凝り固まった政を行えば、庶民は疲弊する。それともう一つ、地方も疲弊する」

「地方？」

「水野がこのまま権勢を保ち、改革を続けるならば、おそらくは……わらわが故郷、薩摩島津家もこの世から姿を消すであろう」

「！」

それは一丸には思いもよらぬことだった。島津ほどの大藩が消えるなど、江戸開府の頃ならいざ知らず、この時代にあり得ぬことと思われていた。

常に冷静な上総の顔にも険しさが浮かんでいる。

「そのようなこと……」

「あり得る！　あやつの理想の先はこの国からすべての大名がいなくなり、将軍とその配下のみで支配する天下であろう。太古の日ノ本や、唐の国にはそういう例がある。もっと言ってしまえば、その頃には将軍は完全にお飾りとなり、政は将軍を隠れ蓑に実力のある者によって行われるようになる。水野はその地位を狙っておるのだ」

「…………」

それは最早一丸の想像を超えていた。

「そうなったらどうなるか。武士も民百姓も、ただただ決められたことのみを行う世となろう。決められたこと以外はなにもしてはならず、新たなものはなにも生まれぬ灰色の世」

だれもなにも言わなかった。

そんな世に絵師がいられるとは一丸は思えなかった。

「小一郎」

広大院が一丸を見て言った。

「わらわがなぜそなたを御用絵師に指名したかわかるか」

「存じ奉らず」

その答えを聞いて、広大院は微笑む。

「小一郎の流派はなにか」

「…………」

「答えられぬであろう。そなたが酒井抱一殿に憧れていたことは知っておる。けれど、酒井殿と同じ絵を描こうとしているかというと、とてもそうは思えぬ。そなたは自在に描いている。思うがままにな」

一丸自身、意識したことはなかったが、その通りであった。

「すでに凝り固まった狩野派を見てみよ。代々受け継がれた絵を変えることは許されず、決められた技法を守り、ひたすら同じ絵を作り続ける。そこに新しいものはあるか。ない」

広大院は一丸の目を見た。そして、ゆっくりと諭すように言った。

「水野の目指す世は、そういう世なのだ」

七

甲州街道は、日本橋を起点とし、内藤新宿を通り、途中、府中や八王子や大月宿(おおつきしゅく)を経て、甲府に至る。さらにはその先の諏訪宿を経て、信州にて中山道(なかせんどう)と合流した。

その甲州街道を使い、一丸は甲府に向かっていた。いつもの着流しに股引(ももひき)と脚絆(きゃはん)をつけ、山の寒さに耐えるため、防寒着代わりに綿入りの半纏(はんてん)を着ている。背負っている行李(こうり)には、和紙やら墨入れやら、いくつもの絵の具が入っていた。

しかし、この旅、一丸は一人ではない。

旅の町娘に扮した雅禰が同行している。彼としては甚だ不本意だったが。

「一人で大丈夫なんだが」

「あら、一丸はあたしが無理にごねて広大院様に同行を許してもらったと思ってるんでしょ」

「違うのか」

「最初はそうしようと思ったんだけど、そうしなくてもよくなったの」

雅彌はしれっと言う。

「上総様が江理家の『松茸道中』に同道することになったのよ。あたしは上総様との繋ぎ役」

「上総が」

一丸は一瞬険しい表情を浮かべた。

それを雅彌は見逃さない。

「いいなあ、上総様は。そうやって心配してもらえる」

「おい、心配などしてないぞ」

「あたしも今から危険と隣り合わせになるのに、一丸はまったく心配してくれない。いいな、いいな」

「あのな、邪魔になるんだったらさっさと上総のほうに行ってくれ」

「ね、ね、一丸、ちょっとだけあたしのことを心配してくれてるって証が欲しいだけだから。ほら、そこにちょうどいい繁みがあるし」

「お天道さんの下、俺になにさせようとしやがる！」

「あー、もう一丸ったら、せっかくふたりっきりの旅なんだし」

「仕事だ！」

一丸は雅爾を無視して歩く速度を上げた。


八王子宿まで足を延ばし、最初の宿をとる。

雅爾とは当たり前のことだが、同じ部屋だ。宿の主人に便宜上夫婦と名乗ったときの雅爾の喜びようときたらなかった。雅爾を隣に寝ることに、この旅の最も難儀さを感じるが、仕方ない。一丸は溜息のつき通しだった。

「ねえ、もう寝ようよう」

飯が終わると雅爾はもはや待ちきれないとばかりに布団を敷きだした。

「先に寝ろ。まだやることがあるんだよ」

「こんなにも美しい女を横に寝るんだよ。今日こそなにもなかったら、絶対に罰が当たるよ」

「自分で美しいとか言うな。美かどうかは人が見て決めることなんだよ」

「もう、絵師みたい」

「絵師だ！」

一丸は気疲れしていた。明日からは山間の道がいよいよ増えてくる。今回の〃絵付け〃のためにやることがどんどん増えてくる。そのためには今日くらい寝ておきたかったが、とても無理だと思われた。

「あのな、よく聞いてくれ。今回の仕事についてだ」

「聞いてるよ」

雅彌は着物の前をわざとはだけさせている。なんとか一丸をその気にさせようという努力の表れだった。

一丸はひときわ大きな溜息をつくしかない。

「まずは先に襲撃が行われた場所を突き止めたい」

「襲撃？」

「最初の『松茸道中』は江戸に着かなかったんだ。途中で持って逃げたことも考えたが、上総によると江理家の古参の小者たちも一行には加わっていたんだ。それが徒党を組んで逃げ出したとは少し考えにくい。となればどこかで襲われ殺されたとしか考えられん」

「一行は十人を超えてたんでしょ。それを襲撃したんじゃ、襲う側も相当な数を用意してなきゃだめよね」

「そのとおりだ。襲う場所も時間も限られてくる。たとえ山の中だとしても天下の往来だ。大名行列にも使われる街道で襲撃を行えば、絶対にだれかに見られ、役人に通報される。しかし、上総に調べてもらったが、役人への届け出はいっさいなかったそうだ」

「水野が握り潰したとか」

「老中に報告が行くのは何人もの役人を経てからだ。たとえ口止めしたとしても、上総ほどの権力者が調べればどこかで必ず漏れてくるものさ」

「そっか」

「つまりだ。街道を逸れて行われたとしか考えられねえ。俺たちはその場所を探し出し、さらに天下の『松茸道中』に道を変えさせた手法をも調べないといけねえ」

「大変だ」

「そう、大変なんだ。だから、ここまで言えばわかるな。明日からの大変のために今日はさっさと寝るってこった」

そう言うと、一丸は自分の布団に潜り込んだ。

雅禰はごねる、ごねる、ごねる。

「ね、ね、ね、せめて一回だけ！　やろうよ！」

「やなこった」

「もう！　一丸はあたしのこと嫌いなの!?」

「一度だけ言うからよく聞けよ。嫌いではない……が、それ以上ではない」

「やだー！　好きって言って！　好いてるって言ってよ」

雅禰は一丸の身体にしがみついてきて離れない。

一丸はもう完全に無視することに決めていた。

もっとも、この騒動は意外な形で決着した。

「お客様、誠に申し訳ありません」

宿の主人が訪ねてきたのだ。

「他の部屋もいっぱいでございまして、相部屋をお願いしたく」

この時代、旅籠（はたご）の相部屋は珍しいことではなかった。

この申し出に雅禰は露骨にいやな顔をしたが、一丸はもっけの幸いと飛びついた。

「どうぞどうぞ」

部屋に入ってきたのは、まだ少年と言ってもいいほどの若い男だった。質素ながらも侍の身なりをしている。どこかの御家人か藩士の跡取りといった風体だが、一人でこの時間に宿に着くとは、なにか訳ありに思われた。

「お侍様、どうぞお楽に」

一丸は深々と頭を下げる。

雅禰はふて寝して動かない。

若い侍のほうも町人相手だというのに、礼儀正しかった。

「こちらこそ、夜分遅くに済まぬことをした」

「いえいえとんでもございません」

「では、明日も早いゆえ、これにて」

そう言うと、若い侍は布団にくるまり、さっさと寝てしまった。

行灯（あんどん）を消し、一丸も改めて布団に入ったときだ。

またも雅禰が顔を近づけてくる。

小声で一丸は言った。

「おい、人がいるんだぞ」

だが、雅禰は一丸の耳許で、真剣な声で言った。

「この人、素人じゃないよ」

「！」

雅爾がそれ以上ちょっかいを出してくることはなかったが、結局、一丸はまんじりともせず夜を過ごすことになった。

八

翌朝、まだ陽も昇りきらぬ内に、若侍は出立していった。

一丸たちもほどなくして旅籠を出る。

「あの若い侍は水野様の意で動いていると思うか」

山道を歩きながら一丸は雅爾に訊いた。

雅爾はなかなか答えない。

「少し気になることがあって」

「ふうむ」

「身のこなしが素人じゃないって言ったけど、忍び、隠密としては、まだまだ未熟と言えるのよね」

「未熟か……」

「それでも、伝令役ぐらいは務まるかもしれないけど、そもそも伝令が旅籠で寝るっていうのが」

「俺の目の前にいる伝令は旅籠で寝ていたがな」

「あたしは一丸と大切なことをやらなければならなかったの！　そうだ、昨日できなかったから今のうちにやっとく？　そのあたりにいい繁みも」

「御免蒙る」

一丸たちは先を急いだ。

ここから甲府まで間道を調べるつもりだった。

「間道に、裏街道、他に素人でも行ける獣道、そんなもんか」

「すごい数あると思うけど」

「二人でしらみ潰しに調べていくしかあるまい。『松茸道中』はいつ始まる？」

「明後日には甲府を出るはず」

「今日明日が勝負か」

最初の間道に入ったときだ。

「あれ……？」

雅彌がなにかを見つけた。御庭番である雅彌の目は普通の人間よりも遥かに良い。

一丸がそれに気づくまでには少し時間がかかった。

「あの若侍……！」

昨日の旅籠で一緒だった若い侍が間道を歩いていた。それもあたりを見回しながらなにかを探しているかのように。

「普通の旅ならばここには絶対に来ないはず」

「………」

「どうする？　捕まえて吐かせる？」

「乱暴はしなくてもよいだろう。それより、会うのも気まずい」

「途中に獣道があるはずだから、そっちを通って避けるしかないわね」

ところが、その思惑は外れることになった。

なんと、若侍が一丸たちの行こうとしていた獣道に、一足早く入っていくのが見えたのだ。

「明らかになにか調べてるよ」

雅爾が言った。

「水野様の配下の忍びで、襲撃場所を見繕っている……？」

自分でつぶやいたその考えに、一丸は賛成し難いなにかを感じていた。

「すでに一度襲撃が行われているとしたら、今になってもう一度ああも必死に探すものか?」

「そうね。あれは明らかに初めてという探し方。襲撃場所の下見に来たということではなさそう」

「だが、まったく関係ないとも思えん」

そう言うと、一丸は若侍が入っていった獣道に足を向けていた。

「しばらく追ってみるか」

「一丸がそう言うのならもちろん!」

一丸と雅彌は道なき獣道に飛び込んだ。


獣道を進むと、すぐに若侍の姿が見えてきた。

「向こうはこっちのこと、まったく気づいてないみたいね」

若侍が後ろを振り返ることはない。自分が追われているとは露ほども思っていないのだ。

あたりを見回し、時には立ち止まり、なにかを探している。

「襲撃場所ではないな」

「えっ?」

「地面をまったく見ていない。探しているのは……人か?」

そのときだった。

若侍の動きが止まる。

すぐ前に、黒い塊が現れていた。

「熊よ」

雅爾がささやく。

それほど大きな熊ではない。ツキノワグマだ。秋のこの時期、冬眠に備えて餌を漁っているのだ。

「ゆっくりと下がれば大丈夫」

雅爾がそう言ったとき、若侍は思わぬ行動に出た。

「なにか投げた!?」

手にしたなにかを熊に投げつけたのだ。

考えられるのは、苦無か手裏剣。

熊の身体が大きく動いた。死んだというのではなく、手を大きく広げ、激昂した行動だ。

それを見た瞬間、若侍は熊に背中を見せ、その場を逃げ出していた。

「あ、だめ！」

思わず雅彌から声が出る。

「一丸、あたし、あいつのこと素人じゃないって言ったけど、素人よ！　いえ、素人よりたちが悪い。少しだけ忍びの修練をして、あとはわかっていないみたい。おそらく山での修行とか皆無よ。怒っている熊に背を向けて逃げ出すなんて！」

熊は人の背を見ると、全速力で追いかける習性を持つ。山河をも仕事場とする御庭番や忍びなら知っていてあたりまえの知識だった。

若侍の熊から逃げる体勢も崩れている。恐怖に駆られた動きだった。

熊が若侍に追いつき、飛びかかる。

背中から乗られ、若侍が地面に倒れ込んだ。

「助けるぞ！」

「一丸が言うなら」

一丸と雅彌は若侍のもとに一気に近づいた。

熊は若侍の後頭部に爪を振り下ろす。確実に急所を知っての行動だ。

それはなんとか避け、熊の爪は若侍の肩から背中にかけてを大きく斬り裂いた。

悲鳴とともに鮮血が飛ぶ。

「雅襧、苦無を貸せ」

一丸は雅襧から苦無を受け取ると、陶の容器を取り出した。中にある絵の具を苦無の先に付け、雅襧に戻す。

「それで熊を！」

「まかせて」

雅襧が熊に向けて苦無を投げる。

「避けて！」

若侍は必死の形相でその場を転がった。

雅襧の手から放たれた苦無は、見事に熊の身体に刺さる。

熊は怒りを発し、今度は雅襧のほうに向かってきた。

だが、その熊の動きは続かなかった。急に動きが緩慢となり、身体をふらつかせ、ついにはその場に倒れてしまった。

「毒？」

「いや、眠り薬だ」

一丸と雅襧は若侍に近づく。

若侍のほうは顔を傷の痛みにしかめながらも、昨日の旅籠の二人が現れたことに驚いたようだった。

「雅彌、止血の布は？」

「あるから任せて」

雅彌は手際よく、流れ出る血の処置を施していく。

その間、一丸は若侍が投げた苦無を拾っていた。

「あの……」

戸惑う若侍に一丸が言った。

「あんた、忍びかい？　普通の侍なら、こんなもん使わねえからな」

苦無を差し出す。

若侍は黙っていた。

その態度は、正体のばれた忍びのそれではない。焦り困惑した、普通の人間の感情がそこにはある。

「私は忍びではありません。けれど忍びの家に生まれたのは事実です」

助けてもらったためか、口調も丁寧になっていた。その素直さも忍びらしくはなかった。

「俺は一丸っていうんだ。絵師をやってる。お侍さん、名前は?」

「山野数近。伊賀百人組のものです」

「伊賀同心ね、納得」

雅彌が言った。

「元は伊賀忍者の出なんだけど、もう長く忍びの仕事はしてなくて、御家人として大手門を預かる身のはず」

「そのとおりです。我らはもう忍びを捨てたのです。そう祖父には言われ、私はこの苦無の投げ方の修練すらしたことがなかった。しかし父は違いました」

数近は一丸たちに向き直り、姿勢を正して言った。

「ただの方々とは思えぬ技量。ぶしつけながらお願いがあります」

数近は真摯な目をし、頭を下げた。

「どうか父を止めるのをお手伝いください。父玄馬は、畏れ多くも将軍様に献上される『松茸道中』を襲撃せんと、この街道筋のどこかにおるのでございます」

思わぬ展開に、一丸と雅彌も顔を見合わせた。

九

山野数近の話した伊賀同心の内情は、次のようなものだった。

そもそも伊賀忍者とは、元は伊賀国の地侍で、戦国の世において各地の勢力に雇われ、透波乱波（すっぱらっぱ）仕事――諜報、暗殺、後方攪乱（かくらん）などの仕事を生業（なりわい）としたものたちのことで、いつしか〝忍び〟と呼ばれるようになった。伊賀の忍びは各大名たちから重宝もされたが、一方では恐れられ、織田信長（おだのぶなが）は「天正（てんしょう）伊賀の乱」において彼らを徹底的に打ち破り虐殺した。

この伊賀忍者と徳川家の関係は、織田信長が本能寺の変で果て、堺見物をしていた家康が命からがら本領三河（みかわ）に帰り着くまでの途中、特に難所であった伊賀越えで、徳川家一行を助けたことに始まる。

家康が天下をとった後は、彼らが江戸に召し出され、伊賀百人組同心として御家人となった。知行は決して高くなかったが、半農半士の地侍身分よりも格式は遥かに高く、定着していった。

初期の頃は、戦国の世から引き続き忍び仕事も兼ねたが、泰平の時代が続き、幕藩体制も強固になるに連れ、隠密などの仕事は少なくなり、八代将軍吉宗が紀州から御庭番を連れてくるに及んで、完全に裏の任務からは切り離された。

この事態を実は多くの伊賀同心が歓迎していた。

そもそも〝忍び〟というものは裏の仕事とも言われるように、あくまで「表」ではなく、汚れ仕事という位置付けであり、他の武士からは忌み嫌われ、蔑まれていた。泰平の世において、〝忍び〟というのは誇ることなどできぬ、隠さなければならない職であったのだ。

乱世の空気を吸ってきた人間ならいざ知らず、数代を経て、江戸生まれの伊賀同心にとって、〝忍び〟であるという状況は、むしろ脱したいものになっていたのである。

ところが、人とは二人集まれば反対者が現れるもの。多くの伊賀同心が歓迎したこの事態を苦々しく思った一派がいた。

彼らは〝忍び〟を身分や職分などとは考えず、あくまで技術を伝える職能集団と捉えていた。そんな職能集団において最も忌避すべきことはその技術が絶えることであり、仕事としての〝忍び〟がなくなるということは、彼らにとってその恐れが現実のものになったということであった。

多くの他の伊賀同心が反対していたにもかかわらず、彼らは〝忍び〟仕事に戻すよう幕閣に働きかける。それと並行して、技量が落ちぬよう修練はもちろんのこと、密かな組織を作り、個人的に暗殺や諜報などの仕事を請け負うようになっていった。

これが〝忍び〟離れを望む大多数の伊賀同心を困惑の事態に陥らせる。かくして、伊賀百人組内で内紛が起こり、十名を超える伊賀同心が追放された。その中に数近の父玄馬もいた。玄馬は追放された者たちを束ねるほどの地位にあった。

追放された玄馬たちは「伊賀百人組一番手」を名乗り、独自に復権への機会を窺っていた。


雅爾の手当のおかげか、数近は歩けるようになっていた。

一丸と雅爾に同道して、『松茸道中』の襲撃場所探索を手伝っている。

そんな数近を見ながら、雅爾が一丸の耳許でささやいた。

「ねえ、あの子、信用していいの？」

「いいさ。罠とは思えない。万が一罠だとしても、それはそれで探す手間が省ける」

「人がいいよね、一丸」

それに対し、一丸は微笑むのみであった。

「山野様」

一丸が数近に話しかけた。

「数近で結構です」

「では数近殿、襲撃の場所に関して心当たりでも」

「これをご覧ください」

数近は懐から数枚の和紙を取り出した。

「これは？」

描かれていたのは山のような簡単な線のみで、字も何もなかった。

「伊賀百人組一番手の者たちは我らが身内。追放されたとはいえ、連絡を取り合う者もおりました。その中で今回の『松茸道中』の襲撃がわかったのです。無論、そのまま御公儀に届け出るという方策もありました。けれど、その場合、連帯責任として伊賀同心すべてが処罰を受ける可能性もありました。数多の伊賀同心は豊かではありませんが、普通の侍です。家族もいれば、生活もある。それを壊すことはなんとしても避けねばなりませんでした」

「それで自分たちで解決しようと」

「はい。祖父をはじめとする組の長老たちが父たちと話し合いに臨みました」

「数近殿も御父上と話されたのですか？」

「私は話しておりません。父が追放されたとき、私は幼く、母はとうに亡くなっていたので、祖父に育てられました。父とともにいたときは忍術の手ほどきも受けていたそうなのですが、祖父はそれを続けることなく、ゆえに私は〝忍び〟としては役に立たないのです」

「で、結果は物別れに終わったと」

「そのとおりです。祖父たちは父を止めようと、『松茸道中』の警護に加わりました。しかし、その後戻っては来ませんでした」

数近は唇を嚙みしめる。

一丸も雅彌も、数近の祖父たちがどうなったのか理解した。

「ただ一人江戸までたどり着いて息絶えた者が持っていたのがその紙です。その者は字がかけず、戻ってきたときにはほとんど喋ることもできず……」

「なるほど、襲撃場所の山の形だけをやっとのことで描いたわけか」

「こんなの見てわかるの、一丸？」

「わかるさ、俺なら」

こうして一丸と雅彌、数近の三人は、八王子から山の形を見る旅を始めた。

新たな『松茸道中』が出発するまで、あまり時間がない。

三人はいくつかの宿場を経由しても、休むことなく、ひたすら先を急いだ。

「数近殿、あんた一人で来たのかい？」

「いえ、組の他の者たちは先に甲府まで行った者もおります。手分けして探しているという次第です」

「あんたたちも必死なんだな」

そう言うと、一丸は足を止めた。

場所は大月宿も近くなってきたところであった。

「一丸？」

「あの山だな。この形が正しいなら」

「これを持ってきた者は忍術の心得がしっかりあった者です。こうした伝達において間違えることはないと思いますが」

「行ってみよう」

一丸たちは甲州街道を離れ、脇街道から、さらにその奥の山に分け入っていった。

「このあたりが臭いな」

険しい獣道を入っていくと、突然に視界が開け、竹林が広がる。

その奥は竹に視界を遮られているが、構わず進むと、一丸が突然足を止める。

「危ねえぞ」

なんと崖になっていた。

「絶好の場所だな。罠に掛けるには」

一丸が言った。

「ここまで『松茸道中』の者たちを来させたってこと?」

雅禰があたりを見回して訊く。

「一行をこの場所まで案内するのは、変装や偽の上意書で事足りる。その程度は透波乱波に長けた伊賀者ならば簡単だろうよ。おまけにこの竹林に入っちまえば、長い刀は振り回せない。忍びが優位だ。そして、この崖だ」

崖の上から下をのぞき込む。

「ここに来ただけでは崖はまったくわからない。とっさに追い込めば何人かはそのまま崖から落ちてお陀仏だろうよ」

そう言うと、一丸はなにかを見つけたように、片手で念仏を唱えた。

「あ……」

雅禰も気づいたようだった。

崖の下に人が転がっているのが見て取れた。

「お祖父様！」

数近はその場に座り込んだ。

崖下は凄惨（せいさん）な場所となっていた。あたりには死体が散乱し、腐敗し、異臭を漂わせている。

その中の一つは数近の祖父であった。

泣き伏す数近を、臭いも気にせず、一丸と雅禰が見つめていた。

「てめえの父親も目的のためには殺すか」

「ひどい」

一丸は数近に声をかけた。

「数近殿、祖父殿を埋めてやりたいが今は無理だ。時間がない」

数近もようやく立ち上がった。

「父の仕業……ですね」

「…………」

「どこかに想いがあったんです。父も、お祖父様の命まではとっていまいと。けれど、それは甘い夢でした……」

「あんたの父上はそれだけ本気ということだ。辛いだろうが、甘い考えは捨てないと、今度はあんたがこうなる」

「はい……」

数近は返事を絞り出した。

「これ以上、御父上に罪を重ねて欲しくないのなら、頼まれてもらいたいことがある」

「わかりました。なんでもやります！」

「それじゃあ……」

一丸は数近にいくつかの指示を出した。

「では、これにて」

一丸に言われたことをやり遂げるべく、数近はすぐにその場を旅立っていった。

数近を見送った後、一丸は雅彌に言う。

「雅彌、本来の仕事をやってもらうときがようやく来たな」

「上総に伝えればいいのね」

「ああ。詳細はここに書いた」

一丸は雅彌にこよりを渡した。

「いよいよ決戦だな」

「一丸」

　雅禰が心配そうに見る。

「死なないでね」

「あたりまえだ。まだ好きな絵がなにも描けてないからな」

　一丸は微笑んだ。

十

　この翌日、甲府の宿を『松茸道中』が出立した。有名な宇治茶の『お茶壷道中』ほどではないが、それでも着飾った中間、小者、徒侍（かち）、馬上侍、旗持ちなど、総勢百人を超える行列となった。これは単なる江理家からの献上品というだけでなく、将軍の権威を周辺の人々に知らせるための示威行動でもあったからだ。

　もっとも、この行列は江理家の費用で行われているため、甲府の宿を出ると行列の大半はいなくなった。実は口入れ屋に頼んで集めた日雇いの者たちが過半であった。十人たらずの人数となった行列は、その身軽さもあって進む速度を上げた。

甲府を出た後、石和、勝沼、駒飼などを次々と通り抜けていく。このまま夜になっても歩き、大月を越え、猿橋宿で一泊することになっていた。


大月宿を越えたときのことである。

街道に蹄の音が響き渡ってきた。

「何事か？」

行列の先頭に緊張が走る。

見れば、前方から変事を示す公儀の早馬が、こちら目掛けて向かってくるところであった。

「お待ちあれ、お待ちあれ！」

早馬から降り立った侍が叫ぶ。

「それがし、御公儀御用、皆口新左衛門でござる。江戸よりの早馬にて、お伝え申し上げる。この先の武蔵八王子にて、各村に不穏な動きこれあり。将軍家に関わる行列は万難を排し、脇街道にてしばし待機すべし」

天領である八王子において一揆が起ころうとしているということを伝えてきたのだ。もし、これが本当なら大変なことである。しかし、天保の飢饉はようやく収まったばかりであり、年貢に関するいざこざはあちこちで起こっていたため、一揆はそれほど突拍子もないことではなかった。

　このため、『松茸道中』の一行は、公儀の役人と名乗った皆口という侍に連れられ、脇街道へと逸れていった。


　さらに細い道を通り抜け、一行が到着したのは竹林であった。

「このような辺鄙なところに？」

不安がる徒の侍や小者に対し、皆口は言った。

「何事も御公儀の指示ゆえ」

そのときだ。

山地に鉦太鼓、さらには鬨の声が響く。

同時に皆口が叫んでいた。

「一揆勢でござる！　一揆勢でござる！　おのおの方、お逃げなされよ！」

混乱が起こっていた。まず小者たちから動揺し、それは侍たちにも移っていく。

山側から竹槍を持った農民らしき男たちが現れた。これが混乱に拍車を掛ける。

逃げられる場所は背後だけだ。

一行は竹林の中を一目散に後ろに走る。

だが、そこには死が待っている――はずであった。

「そろそろいいだろう」

慌てていると見えた小者たちの中から一丸の声がした。いや声だけではない。頬(ほ)っ被(かむ)りをして顔が見えなかったが、それを取れば一丸であることがわかる。

一丸の声とともに、混乱していたはずの侍も小者たちも落ち着きを取り戻している。

それだけではない。その手に握られていたのは銃だ。いつの間にかしっかりと火縄にも火が付いていた。

逆に驚きを見せているのは、皆口と一揆の農民たちだった。

「芝居はお終(しま)いだよ、伊賀百人組一番手さんたち」

一丸が言った。

銃口を向けられた皆口や農民たちの顔に険しい表情が浮かんでいる。

「このまま俺たちを崖下に落とそうったって、そうはいかんよ」

涼しい顔の一丸に、皆口が殺意の目を向ける。

「貴様らは!?」

このとき、徒侍の一人が前に飛び出し、皆口に向かって叫んでいた。

「父上!」

　山野数近であった。

　皆口と名乗った侍こそが数近の父、玄馬であった。

「懐かしや、父上。このような場所でなければ、どれほどよかったことか」

「数近か……!　貴様ら、すべて伊賀同心か!」

　玄馬が叫んだ。

「いかにも。我ら、身内の恥を雪(そそ)ぎに参った次第」

　銃を持つ一人が叫び返す。

　一丸は数近に頼み、街道に散っていた伊賀同心たちを集めてもらったのだ。そして、途中で本物の『松茸道中』と入れ替わっていたというわけである。元々伊賀百人組は鉄砲組として組織されたこともあり、火縄銃の扱いにも長けていた。

「だれが恥か!　恥と言えば貴様らのほうぞ!」

　玄馬は一歩も引かずに叫んだ。

「先祖伝来の〝忍び〟をやめ、のうのうと武士面して生きておるとは!　出自に引け目を感じ、その卓越した技術をすべて捨てようとするは愚の骨頂ぞ!」

「父上、もうおやめください!　今の世の中、すでに〝忍び〟は必要とされておりません！　我ら伊賀同心、鉄砲組で良いではないですか！」

「数近！　わかっておらぬのは貴様だ！　そんなだれもができることをやって生き残れると思うか！　泰平に牙を抜かれ、自らを律して生きることを忘れた〝忍び〟の裔たちよ！　やがて滅びが来たときでは遅いのだ！　我らが〝忍び〟として覚醒して、初めてその滅びを避けることができる」

「そのためには仲間すらも殺すと!?　お祖父様を手にかけたこと、悔いておられませぬのか」

「それこそが〝忍び〟の矜持を忘れた結果と知れ！　祖父殿は勝手に崖下に落ちていかれた。もし、〝忍び〟としての技量が残っておれば、罠と知ることも容易かろう。己が招いた災厄である！」

「ひどすぎます、父上！」

数近は火縄銃を玄馬に向けた。

「どうしてもわかってもらえませぬか、父上！」

「ほう、撃てるか、わしが!?」

「撃ちます！　皆もそのつもりで来ております」

数近の後ろで、他の伊賀同心たちも玄馬の仲間たちに銃口を合わせる。

「このまま父上たちを放っておけば、残った伊賀同心たちに災いが及びます」

「腰抜けどもが！　保身のためか！」

「もし、父上がお祖父様を殺したことを悔いておれば、我らも考えるところがありました。けれど、ここに至ってはもはや話し合う余地これなし」

「ふうむ」

「父上、お覚悟！」

数近が引き金に手をかける。

ここまで一丸はなにも言わず、父と子の相克を見ていた。彼らの語りには一丸にも大いに響くことがあった。〝忍び〟という職分に囚われている者と、そこから離れようとしている者、その両者の間にある溝のなんと深いことか。

今、数近がその指を引けば、溝を埋めることなく、両者の関係は終わる。

（それしかないのか……）

そのことが一丸にはたまらなく哀しかった。

だが、ここで事態が動く。

「待て」

玄馬が手を挙げて制止をしたのだ。

「父上？」

数近の顔に戸惑いが生まれている。

玄馬が言葉を続けた。

「なるほど、これはどうやら我らが負けのようだ。今、指を動かされるだけで、ここにいる我ら全員が死ぬ。我らの望みは〝忍び〟の技量の継承。すべてが死ねばそれも叶わず。それは我らとて望むところにあらず」

玄馬は両手を挙げ、数近のほうに歩みを進める。

「もし、我一人が厳罰を受けることで他の者が許されるのであれば、それに従うに如かず」

「本当でございますか、父上！」

数近の顔にかすかな希望の色が浮かぶ。

一丸の周囲でも、緊張の息を抜く動きが見られた。やはり仲間を撃つのは辛いのだ。

「数近、我ら降ぜん」

「おお」

数近の表情は完全に喜びのそれになっていた。

このとき、一丸の頭の中にだけ、危険を知らせる鐘が響いていた。

「いかん！　数近殿！」

極度の緊張から安堵への変換。そこには大きな隙が生まれる。そして、殺人を生業とする〝忍び〟にとっては、すべてを逆転するのに十分すぎる時であった。

もはや数近と玄馬の間の距離は、その身の丈を下回っていた。

それは玄馬にとっては必殺の距離であった。

「うごっ！」

数近の喉から、生を持つ人間からはあり得ない音が漏れる。

両手を挙げたまま、玄馬が一気に動き、その膝に仕込んだ隠し刃が数近の心の臓を貫いていた。

「ち、ちち……う……え……」

数近の身体がその場に崩れ落ちる。

それが合図だった。

「来るぞ！」

一丸が叫んだ。

その声が周りの伊賀同心たちに届いたかどうか。

玄馬の配下たちは、数近の死によって生まれた動揺を最大限利用しようとしていた。

農民姿の男たちは鉄砲を持った伊賀同心に対し、距離を詰めていた。

「！」

気づいたときにはもう遅い。

火縄銃の音が響くが、それを受けて倒れた玄馬の配下は二人。

逆に銃を撃とうとしていたほうは、その全員が眉間に苦無を受けていた。

「があぁぁ……」

周囲の伊賀同心はすべて斃され、立っているのは一丸一人であった。

恐るべきは〝忍び〟の技量。

「騙し討ちか」

一丸が哀しげな表情のまま言った。

「これも〝忍び〟の技よ」

玄馬が言った。その顔には、我が子を手にかけた悔恨など微塵もなかった。

「数近殿が哀れだとは思わぬのか」

「哀れよ。真の〝忍び〟であったら、こうはならなかったろうに」

「…………」

「〝忍び〟であることは我らが宿命なのだ。その宿命を拒絶する者は、心弱き者として処断する！　そのような軟弱者を家族に持った覚えはない！　わしには息子などもともとおらなかったということだ！」

一丸の中で怒りが爆発していた。玄馬の吐いた宿命という言葉。そして、宿命を他者に強制しようとする姿勢。自らも宿命を背負う者として、我慢ならなかった。

「おまえさんの話を聞くと反吐が出るぜ」

一丸が玄馬を睨みつけた。

玄馬は怪しい笑みを浮かべる。

「ふん。そんなことより自分の身を心配したほうがよいぞ。我らはおまえが命乞いしようが助ける気はいっさいない」

「そいつは困った」

「おまえがどこの何者であるかも興味がない。大方、御庭番どもの手先であろう」

「半分当たりで半分はずれだ」

「まあよい。死ね」

玄馬の手が動く。

(苦無か)

思ったとおり苦無が飛んできた。

一丸の目は捉えている。

それをかわし、横に大きく転がった。

今度はそこに玄馬の部下たちが襲いかかってくる。

白刃に、鎖分銅。苦無に手裏剣。

あらゆる忍者の武器が一丸に死を与えようと飛んできた。

なんとかそれをもかわしていく一丸。多少かすって血が噴き出るが、そんなことを気にしている暇などなかった。

そんな中、限界まで動き続ける身体とは逆に、心は冷静さを保っていた。

(まずいな……風がない)

秋の夜空の下、冷える空気は風を止めていた。

――風さえあれば。

一丸の逆転の一手のためには風が絶対に必要だった。わずかでよいのだ。

「なかなかしぶといな。そんなにも生きたいか」

玄馬がからかうように言う。

「申し訳ないが、そういうことだ。死ぬのは構わぬのだが、おまえのように宿命を間違って使う男に殺されるのは癪に障る」

「貴様と遊んでいる時間はもうない。すぐにでも本物の『松茸道中』を追わねばならぬのでな。さらばだ」

「はん！　俺を殺さねえ限り、そんなことはできねえよ」

言葉が終わるか終わらぬうちに、無数の苦無が飛んできた。

ほぼ同時に、一丸は着ていた綿半纏を宙に投げていた。

苦無はそこに吸い込まれていく。

「往生際の悪いやつめ！」

ついに玄馬は怒りの声を上げた。

忍びたちが一丸を囲んでいく。

それを見ながら、一丸はこの期に及んで苦笑した。

「格好をつけたはいいが、風がなければ俺の負けか。啖呵切った手前、情けないことになりそうだな」

「ならば風が吹くまで時を待つのはいかがですか、兄上」

声に、一丸は振り返らない。

「つたく、なんでおまえさんがいるんだよ」

「『松茸道中』も無事に江戸に向かいましたゆえ」

微笑む上総が立っていた。

「そうそう。あたしらがそのくらいの時間なら稼いであげるよ。あ、お礼は一丸の身体でいいからね」

動きやすい小紋に脚絆という出で立ちで、雅禰もいる。

「新手か！」

上総と雅禰の出現に、玄馬の顔が歪む。

「一人や二人増えても変わらぬぞ！」

玄馬の合図で、配下の男たちは三人に襲いかかった。


上総に苦無が投げられる。

それを上総は右手で抜いた小刀で弾く。

次の瞬間、上総の身体が苦無を投げた男に寄っていた。

左手が太刀を逆手に抜く。

居合だ。

見事、太刀の刃は男を斬り伏せた。

二刀を使い、しかも居合。それが上総の技であった。

雅禰のほうは一見すると逃げ回っているようにも見える。

追いかける忍びの攻撃を巧みにかわし、まるで地面に幾何学模様を描くかのように、雅禰の身体が躍動する。

実際、雅禰は描いているのだ。地面に糸で。

雅禰は逃げながら、小さな釘を地面に打ち込み、そこに次々と糸を紡いでいく。

「！」

忍びは、足にその糸を引っかけ、前につんのめる。

その隙を雅禰は見逃さない。

投げた細い苦無は、忍びの喉笛を確実に貫いていた。


二人の活躍により、玄馬と配下の男たちは一丸に近寄ることができなかった。

「おのれ！」

怒りの玄馬が上総に刀を合わせてくる。

両者の白刃が躍る中、配下の男たちが大きな風呂敷で上総の視界を遮ろうとする。

手段を選ばない忍びの殺法だ。

しかし、それは背後から投げた雅禰の手裏剣によって、大きく切り裂かれる。

圧倒的な連携。

そして――

「ようやくだな」

一丸が微笑む。

――風が吹いた。

「上総！　雅彌！」

一丸の声に二人は素直に引いた。

二人はわかるのだ。

これから起こることが、いかに恐るべきことかが。

玄馬たちは知るのだ。

この飄々とした漢が、いかに恐ろしい人物かを。

一丸は懐から陶の容器を取り出していた。

「煤竹色」

一丸が言った。

「この色がわかるか。焼けて煤けた竹の色。かつてしなやかだった竹も、焼けてしまえばその瑞々しい緑を忘れる」

「ここに至りなにをやるかと思えば」

玄馬が馬鹿にするように笑った。

「くだらぬ能書きを聞くほど暇ではない」

「わからねえか、この色はおまえたちの色だよ、山野玄馬！」

一丸の顔に怒りが浮かんでいる。

「後世に〝忍び〟の技を伝えたい！　その想いはもしかしたら、しなやかでたおやかな竹のように瑞々しさを持っていたかもしれない。けれど！」

一丸は容器の蓋を取った。

中から飛び出た〝色〟が舞った。

「仲間を平気で殺すその心が、その瑞々しい想いを煤けさせたんだ！」

「ぬかせ！」

「闇に染まりし、天の色！」

「死ね！」

玄馬は一丸に刀を振り下ろそうとした。

「!?」

だが、できない。

「馬鹿な……!?」

「玄馬よ、もはやおまえは色に染まった。こいつはな、ただの毒じゃねえ。自分の身体が自分で動かせなくなる、恐ろしい毒だ」

「毒……だと?」

一丸の言うように、玄馬は動けなくなった。

いや、玄馬だけではない。玄馬の配下の男たちも皆、色に染まり、身体の動きを止めていた。

「これは!?」

「動け!」

一丸が叫ぶ。

今度は一丸の声に従うように、玄馬たちが動き出していた。

「どういうことだ、これは?」

「おまえたちは動いていく。自らの行いを悔いるために」

玄馬の足が動く。意志に反して。

「どこへ行く! おい!」

玄馬の叫びは自分の足に向けてだ。

ゆっくりと足は動く。

他の者たちも揃って。

「やめろ!」

「おい、どうなってるんだ!」

「ああっ!」

ついには悲鳴が上がった。屈強な忍びの男たちから。

自らの身体が自分の思いどおりにならないことは、それほどの恐怖であった。

男たちは歩いて行く。

竹林の中を。

そう、崖に向かって。

「やめろ、やめろ!」

どれだけ叫ぼうとも足は言うことを聞かなかった。

最初の一人が崖の前までやってくる。

「やめろぉぉぉ!」

男の顔は恐怖に彩られていた。

けれど、足は動くのを止めない。

自らの身体を死に至らしめるために。

「あぁぁぁぁぁぁぁ……」

男の身体が崖から転落した。

崖下に叩きつけられ、男の身体は動かなくなった。

「やめてくれぇぇぇ！」

「助けてくれよぉぉぉ！」

もはや足の歩みを止めるものはなかった。

死への歩みを。

だれかが言った。

「毒師！」

恐怖の視線を一丸に向ける。

「これほどの毒師がいようとは……！」

次々と男たちは崖に飛び込み、死を伝える、肉と岩のぶつかり合う音が響いた。

一丸は哀しみでその光景を見ていた。

己のしでかした罪を噛みしめて。

一丸はいったいいかなる毒を使ったのか。そもそも毒によって人が他人の命じるがままに自らの命を絶つなどということがあるのだろうか。

古来、毒と言えば人を殺すものとしてイメージが強いが、実はおもしろい事実がある。毒と薬は表裏一体というものである。例えばハシリドコロという多年草は毒性の強い植物で、副交感神経を麻痺させる恐ろしい毒草だが、うまく利用すれば麻酔薬として使えるという。実際、漢方ではハシリドコロは「莨菪薬」の名で薬の一つとして認知されている。このハシリドコロ、その名は、食すれば意識を乱して立ちどころに走り回ることから付けられたともいう。

そういう意味で、麻酔薬は最も扱いがむずかしく、毒とは表裏に一体のものと言えよう。神経を麻痺させ、痛みを感じさせなくなる、この脅威の薬にある恐るべき事実は、現代においても麻酔がなぜ効くのか、正確にはわかっていないということである。

麻薬や媚薬もある意味毒と言えよう。麻薬は強力な幻覚を引き起こす。それは一種の催眠効果と言ってもよい。これもまた薬としても利用される。しかし、その摂取が依存症を引き起こし、死に繋がる恐ろしいものであることは周知のとおりである。媚薬は催淫効果を引き起こすという。これは精神を自在に他者が操ることのできる効果であるが、現代においてもまだその確実な薬用成分は特定されていない。が、長き年月にわたり、これこそが媚薬ではというものが数多く使われてきた事実がある。

これらの〝毒〟については、普通の人間ですら知識として口の端に上るものも少なくない。もし、催眠、催淫、神経毒、そういったものの完璧な知識を持ち合わせることができたとしたら。さらにその深遠なる知識を利用して、それを的確に組み合わせることができたとしたら。「毒師」と呼ばれる者たちこそが、そうした人間なのであったとしたら。

しかしである。しかしだ。敢(あ)えて言おう。それでもこれほどの〝毒〟を本当に創り出すことができるのか!?


「うぉ……」

ついに最後の一人、玄馬の番になった。

あの玄馬の顔も恐怖に歪んでいた。

「おい、おい！　やめろ！」

「…………」

「助けてくれ！」

「自分の犯した罪を償え」

玄馬の身体が崖に近づいていく。

「こんな毒があるか！　こんなことができる者がいるわけが！　いくら毒師とはいえ、こんなことが！」

次の瞬間、玄馬の身体が崖から宙へと舞った。

そのとき、玄馬は思い出したように叫んでいた。

「そうか！　いた！　いたぞ！　おまえは！　おまえは……！」

地面に叩きつけられる瞬間、玄馬は最後の言葉を紡いだ。

「宇喜多の名を継ぐ者……」

玄馬の死を告げる、大地からの音が響いた。


崖下を覗きながら、一丸はつぶやいていた。

「またやっちまったな……」

その言葉を耳にして、上総が言った。

「兄上は気になさることはありません。彼らは己の報いを受けただけです」

「そうよ。あたしに言わせれば、大切な一丸の身体を傷つけたんだから、あれでも足りないくらいよ」

「まったく怖いな、おまえらは」

一丸は苦く微笑んだ。


すべては終わった。

崖の上にその惨劇を知らしめるものは、わずかに地面についた煤竹色しかなかった。

十一

後世の人間から「佞臣」「悪逆の徒」などとひどく嫌われた戦国武将がいる。

斎藤道三、松永久秀と並ぶ日本三代梟雄の一人であり、実の弟にすら「鎖帷子を着けねば兄の前には出られぬ」と言わしめた男――中国地方備前国に覇を唱えた宇喜多直家その人である。

備前守護代浦上家の家臣として代々重きを成した宇喜多家だが、直家の祖父・能家の時に勢力争いに敗れ、没落した。父・興家は暗愚であったというが、宇喜多家の復活は孫の直家から始まる。

直家は元服すると、浦上宗景に出仕し、徐々に頭角を現していく。そして、祖父・

能家を自刃に追い込んだ同じ浦上家の重臣・島村盛実に謀反の疑いをかけ、最初に毒殺した。

　勢力拡大を目論む直家の次の標的は、なんと妻の父であった中山信正で、なんの躊躇もなく、主家の命として毒殺した。

　その後も正攻法の戦いはほとんどせず、謀略、特に毒殺を主として自家の領地を拡大していき、周囲に恐怖と嫌悪をまき散らした。

　直家のやり方は実に巧妙で、毒殺を恐れた武将たちは当然警戒しているにもかかわらず、それでも毒殺を免れることはできなかった。身内といえども容赦はなく、むしろ身内になって油断したところを毒殺するなど、非道を極めた。

　宇喜多氏の先祖は朝鮮半島の百済王家であると言われている。その一族が日本にやってきて、中国地方に土着した。彼らは鉱山や製鉄の技術に詳しく、たたら製鉄など中国地方の製鉄の発展に一役買った。また鉱山技術においては、鉱毒などの対処に長けていた。

　この代々伝えられてきた「毒」に対する知識は、直家のときにさらに発展を遂げ、集大成されたのである。直家は「毒」の天才であった。彼は、自らの身体能力を鑑み、すでに幼少の頃から毒をもって出世を狙おうと考えていた節がある。子供の頃には、周囲に虫や小動物の死骸が絶えなかったとも言われている。

悪道非道の数々を尽くした直家であったが、最期は病によって畳の上での死を得た。

この頃、織田家の方面軍として、羽柴秀吉による中国地方の遠征が始まっており、病を得、すでに先を悟った直家は、嫡男でまだ幼かった秀家のため、自分の妻であるその生母を秀吉の側室として差し出した。乱世をただただ「毒」という武器で生き抜いてきた男の、冷徹な判断であり、それこそが彼の凄みと言えよう。

この直家をもって、初代の「毒師」となす。


直家の子、宇喜多秀家は、秀吉の側室となった生母・於福の方の力もあって、自らも関白となった秀吉の猶子（契約上の親子関係）となり、その清廉潔白な性格も相まって、数多くの武将から好感をもって迎えられた。秀家は順調に出世を重ね、五十四万石とも五十七万石とも言われる太守となり、若くして五大老の一人となった。

この秀家においては「毒」の謀略も、そうした逸話もなく、彼自身は「毒師」でなかったと考えられる。けれど、宇喜多家の「毒」の技術は、その一族に脈々と伝えられていた。

秀吉の死による、大老・徳川家康と奉行・石田三成が争った慶長五年（一六〇〇）の関ヶ原の戦いにおいては、秀家は三成方の西軍に付くが、武運なく敗れた。

秀家は関ヶ原から落ち延びる中、伊吹山中にて自害したと届け出があった。戦後、宇喜多家は改易となり、ここに宇喜多の「毒師」も消えたと思われた。

ところがそうではなかった。


関ヶ原の戦いから三年後、薩摩藩主の島津忠恒から、宇喜多秀家とその子を匿っていたとの届け出があった。幕府にとっては青天の霹靂の出来事であった。

それにしてもなぜ島津は秀家を匿ったのであろうか。落ち延び頼ってきた敗残の武将を差し出すのは武士として恥辱、との精神論を唱える向きもある。が、当時薩摩を治めていた義久、義弘兄弟は、秀吉の九州征伐のとき、家存続のために降伏したほどの現実的な政治家であり、家を危うくする秀家父子を武士の習いだけで匿うほど愚かではなかった。

そこに、家を危うくする可能性があっても、匿いたいと思えるなにかがあったと見るのが妥当であろう。

それこそが「毒師」の技である。

薩摩には、密かに宇喜多家の血筋と「毒師」の技が伝えられたという。

秀家は結局死罪とならなかった。その身は八丈島に流され、そこで子孫が残った。

もはや並びようもなき権力を誇った幕府が秀家を殺さなかった理由——それもまた「毒師」の存在が考えられる。幕府もまた宇喜多の「毒師」の技を欲しがり、それと引き換えに、秀家の命を助けたということかもしれない。

ここに奇妙な事実がある。

関ヶ原の戦いから、豊臣家滅亡の大坂の陣までの間、豊臣恩顧の大名の中でも、特に尊崇の厚かった加藤清正、浅野幸長は、まさにここぞという時に病死した。

いずれも毒殺であったと噂される。

ここに宇喜多の技が使われたと考えるのは穿ちすぎであろうか。

秀家が八丈島に流されてからおよそ二百年。

御三卿の一家、一橋徳川豊千代と、外様の雄、島津家の篤姫は婚約し、江戸に向かった。

そのとき、篤姫とともに江戸に渡った一族がいた。

名を「浮田（うきた）」という。

彼らが江戸に来て、程なくして、将軍家お世継ぎ・徳川家基（いえもと）は十八歳の若さで、鷹狩りの最中急死した。病死であると発表されたが、このとき幕府では重い箝口令が敷かれていた。

家基は毒殺であったという。

家基の死により、徳川豊千代は十一代家斉となり、その婚約者篤姫は、五摂家の養女という名目で、将軍家御台所となった。

江戸にきた「浮田」の一族がなにをしたか、もちろんそれを明らかにしている記録はなにもない。

浮田家は、広大院の引き立てにより大身旗本となり、直元（なおもと）、直治（なおはる）と続き、さらに二人の男児を授かった。

嫡男の名は小一郎という。

十二

江戸城の本丸の御用部屋に、水野忠邦は鳥居耀蔵を呼び出していた。

「こたびのしくじりは我が不徳の致すところ。されど、このくらいのことで改革の手を緩めることはできぬ」

忠邦は鋭い視線を耀蔵に浴びせ、言った。

「さすれば、甲斐守(かいのかみ)においてはますますもって我が片腕となってもらわねばならん」

「ありがたきもったいなきお言葉。不肖、この鳥居甲斐、水野様とともにどこまでも進む所存にござりまする」

「うむ。天晴(あっぱれ)な覚悟よ」

忠邦は表情を緩めた。

「耀蔵よ、まずは南町奉行の職、励めよ」

「ははっ」

耀蔵は正式に江戸南町奉行となっていた。前任者の矢部定謙(やべさだのり)を自ら弾劾し、忠邦の後ろ盾により得たものであった。

（まずは町奉行……次は……）

耀蔵は平伏しながら、畳に向かって微笑んだ。

「本日はこれにて……」

「しばし待て」

「はっ」

「もう一人が来る」

耀蔵は怪訝な表情を浮かべた。もう一人とは——

ちょうど廊下から茶坊主の声が響く。

「失礼いたします。お連れしました」

「入れ」

襖が開き、壮年の、涼やかなる目をした男が入ってきた。鬢をきちんと整え、一本たりとも乱れたところがない。

「おお、これは」

耀蔵も思わず声を出していた。

「江戸北町奉行、遠山左衛門少尉、罷り越しました」

「くるしゅうない、これへ」

入ってきたのは、遠山左衛門少尉景元である。耀蔵より長く町奉行の座にあり、今は北町奉行を務めている。

忠邦は面白いものを見るように、微笑んだ。

「これにて南北町奉行が揃ったな」

耀蔵は慌てて景元に頭を下げた。

「遠山殿、こたび南町奉行の職を拝命いたしました鳥居甲斐でござる。今後はよろしくお引き立てのほどを」

景元は笑みを浮かべ、それを受けた。

「腕利きで名高き鳥居殿を迎え、江戸の町はますます安泰でございましょう。それがしはもはや鳥居殿の背後をついて回るのみ」

「畏れ多き言葉にございます」

忠邦は言った。

「甲斐殿、遠山左衛門は若い頃はなかなかに傾いておったようでな。背中には生首の彫り物があるとか」

「おお、それはそれは」

「若気の至りに候」

「今ならば我が改革の的になっておったところじゃ」

忠邦は上機嫌で言った。

「今後、改革をますます早めねばならぬ！　御両所の奮闘をますます期する」

「ははっ」

耀蔵と景元はふたたび平伏した。

耀蔵は、そっと景元の顔を盗み見る。

（この男が我が敵となるか味方となるか……）

景元は身じろぎ一つしなかった。その涼やかな顔は、あの『酒菜』で一丸に声をかけたそれと一緒であった。

十三

一丸は『酒菜』で酒を口にしていた。

いろいろなことがあった。それに連なる想いがあふれて、一種の壁となり、だれも近づけさせない雰囲気を醸し出していた。

（新しき道を生きようとする者……旧に復する者……）

そのどちらが正しいのか。

それとも、どちらも正しいのか。

「…………」

玄馬のようなやり方がよくないのはすぐにわかる。が、その想いを否定することはできない。玄馬もまた己の夢に賭けたのだから。

「俺はどっちだ」

つぶやきが漏れた。

絵師としては常に新しき道を生きたいと思っている。旧き技法には感心させられることも多いが、だれかがやってしまったことに魅力はない。それに囚われるのも御免だと思っている。

けれど、「毒師」という身に伝えられた旧き職からは解き放たれることはない。玄馬も語った〝宿命〟が一丸を捕らえて放さない。

(矛盾だらけだな、俺の人生は……)

いつか自分でわかるときが来るのか。そもそもわかるとはなにか。わかったとき、なにかいいことがあるというのか。

「！」

　一丸は、心配そうにこちらを見ている小茶に気づいた。

「どうした、小茶っ子」

「丸さんがいつもと違って怖い顔してたから。でも、話してくれてわかった。いつもの丸さんだ」

「俺はいつも俺だよ」

（そうさ。矛盾だらけでも俺は俺だ）

　一丸の顔にようやく笑みが浮かぶ。

　そこへ賑やかな連中が入ってきた。

「お、丸の字先にいるじゃねえか」

「しばらく見ませんでしたね。小伝馬(こでんま)にでも入れられてましたか」

　現れたのは芳若と初信だ。

　先ほどまでの壁はとうに消え、二人は一丸と同じ卓についた。

　一丸が、小茶に声をかける。

「小茶っ子、なにかつまむものはあるかい」

「もうその呼び方やめて。ちょうどよかった。丸さんに渡さなきゃいけないものがあったんだ」

小茶が奥に引っ込む。

「また椎茸でも手に入ったかな。それだったらたまらねえな」

芳若が酒をつぎながら言った。

「そういえば、将軍様のためにあの茸が、松茸が届いたそうですね。四谷界隈で行列を見たって言ってましたよ」

あの『松茸道中』は無事に到着していた。

一丸が微笑む。

芳若がさらに声を荒らげていった。

「松茸だー!? そんなよくわかんねえ茸はだめだ！ 茸といえば椎茸だよ！ 松なんざ、絵に描いてればそれでいい」

「はいはい」

そこに小茶が戻ってくる。

同時に、良い香りが漂ってきた。

「おっ」

「なんだ!?」

一丸も、芳若も、初信までもが小茶に視線を向けた。正確に言えば、小茶の持ってきたものに。

「茸？」

小茶が持ってきた皿には焼けた茸が載っていた。

「丸さんの弟さん、あの橋口様が持っていらっしゃったの。丸さんへお裾分けですって。松茸よ」

「これが松茸!?　なんて香りだ」

芳若も初信も皿を凝視する。ごくりと喉が鳴った。

「おい、丸の字、食っていいか」

「だめ、丸さんが先！」

「一緒に食おう、一緒にな！」

一丸は苦笑しながら箸を伸ばす。

口許でなんとも良い香りがした。

「なるほど、こいつはうまいな」

横で、芳若が叫んでいた。

「うまい！　香りがいい！　こいつはすげえぜ！　茸の殿様だ！」

「あなた、さっきまで松茸のことをけなしてませんでしたか」

「そんな昔のことは忘れたね！　こいつは人を殺しても食いたい茸だ！」

芳若の言いざまに一丸は苦笑した。

（たかが茸、されど茸……時にはこいつで人殺しも起こる……）

小茶が思い出したように言う。

「そうそう、丸さん、橋口様がね、伝えてくれって。江理様ってお侍様が、大役を無事に果たし、将軍様からお誉めの言葉を頂いたんだって」

「めでたしめでたし」

「あと、まだこれだけ残ってるけど、どうする？」

小茶が籠いっぱいの松茸を持ってきた。

「ふうん」

一丸は松茸を眺めると、懐から和紙と矢立てを取り出した。

矢立てから筆を抜くと、一気に描き上げる。

「わあ、すごい」

和紙に大胆な線を縦横に使い、見事な松茸が描かれていた。

「俺はこいつがあればいい。香りが消えたらただの茸だ。そっちはみんな客に出してやりな」

「良いの？」

「良いさ」

芳若と初信も、一丸の絵をのぞき込む。

「これはなかなか……我が流派が描かない線を使いますね」

「なんとも自儘な線だ！ こいつはやばいぜ。版元から仕事が来る！ オイラの仕事を盗るんじゃやねえぜ」

「絵の松茸も悪くない」

一丸はうまそうに酒を呑み干した。

ひとまる小咄

【お茶壺道中】

紅葉深まる上野山下の水茶屋に、普段は一丸(ひとまる)を巡って恋の鞘当てを繰り返している姉妹の、癒しのひとときがございました。

「小茶(おちゃ)って、あんたのことじゃないけど、やっぱり紅葉にはお茶よね。酒も悪くないけど、そんなのは男衆にまかせて」

「雅禰(まさね)姉さんも、いつもそうして落ち着いていれば綺麗でよいのに。そうなってくれるのなら、毎回お茶を用意しておこうかしら」

「うるさいわね。そういえば、お茶と言えば、ずいずいずっころばしは知ってる?」

「え? 童の歌でしょ。それがどうかしたの?」

「あの歌の、茶壺に追われて戸っぴんしゃん、ってあるでしょ。あそこはね、将軍様の飲まれるお茶を、山城国(やましろのくに)宇治(うじ)から江戸に運んだ『お茶壺道中』に由来しているのよ」

「宇治って、あの宇治茶の？」

「そう。『松茸道中』も大変だったけど、本家の『お茶壺道中』はもっと大変！　やっぱり将軍様がお飲みになるお茶でしょ。お茶を宇治で摘むのにもわざわざそれ専用の役人がいて、行列もきらびやか。最盛期の元禄の頃には千人を超える人が関わったほどよ」

「すごいお金かかりそう」

「まあ、それで八代吉宗様が少しこじんまりとはさせたんだけど、それでもまだ将軍様の威光を知らしめるものには変わりなかったわけ」

「それであの童歌との関係はなんなの？」

「この行列の権威はたいそうなもので、大名行列ですら道を譲らなければならなかったの。行列の小者や中間の中には、その権威を笠に着て、悪さをする者もいて、お茶壺様が近づいてきたというと、庶民は戸を閉めて家の中に籠もったとか」

「だから、茶壺に追われて戸っぴんしゃん」

「あとね、これ宇治からお茶を運ぶだけだと思うでしょ。実はそうではなくて、わさわざ江戸から将軍家御縁の壺をまず運ぶところから始まるの」

「行きも帰りも!?　わ、大変すぎる」

「お侍さんたちの見栄(みえ)ってあきれるわよね」

「小茶は丸さんの腕で運ばれたいかな」

「そのときは、一丸だけ入れて、戸をぴんしゃんと閉めてやるわよ!」

雅禰 まさね
小茶 おちゃ

この作品は招き猫文庫のために書き下ろされたものです。

御用絵師一丸（ごようえしひとまる）

招き猫文庫

2015年 1月10日　第1刷発行

著　者　あかほり悟（さとる）　©Satoru Akahori 2015

発行人　酒井俊朗

発行所　株式会社　白泉社
〒101-0063 東京都千代田区神田淡路町 2-2-2
電話　03-3526-8075（編集）
03-3526-8018（販売）
03-3526-8020（制作）

印刷製本　図書印刷株式会社

フォーマットデザイン　名久井直子

マークイラスト　フジモトマサル

ISBN 978-4-592-83107-5
printed in japan　HAKUSENSHA

智と剣！
最強バディ登場！
異なる才を持つ
二人の若き男達の
痛快時代劇!!
子安秀明 著
えりちん イラスト
双燕の空
そうえん